KB253429

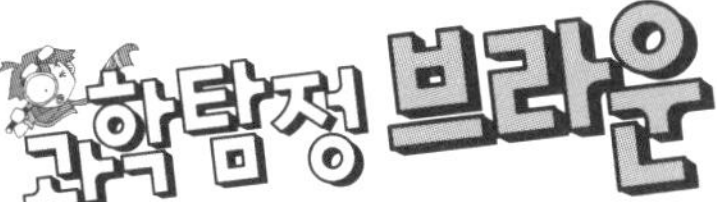
과학탐정 브라운

ENCYCLOPEDIA BROWN #6: Keeps the Peace by Donald J. Sobol

도널드 제이 소볼 지음 박기종 그림 이정아 옮김
신나는 과학을 만드는 사람들 솔루션 집필 및 감수

살림어린이

과학은 재미있고 즐거운 공부입니다. 하지만 보통 과학은 어렵고 지루하다고 느끼는 경우가 대부분입니다. 그렇다면 좀 더 재미있고 즐겁게 과학을 알 수 있는 방법은 무엇일까요? 바로 우리 주변에서 일어나는 일들을 주의 깊게 관찰하여 차근차근 과학에 접근하는 것입니다.

과학탐정 브라운은 주변에서 일어나는 사건들을 해결하는 과정을 통해 재미있는 방식으로 과학을 이해합니다. 소년 탐정이 사건을 하나씩 해결하는 과정을 따라가다 보면 어느새 과학의 즐거움을 느낄 수 있을 것입니다.

뿐만 아니라 과학 솔루션에서 사건과 관련된 과학 원리를 설명해 주어서 과학을 좀 더 쉽게 이해할 수 있습니다.

과학 솔루션은 초등 교과 과정과 연관된 물리, 화학, 생물, 지구 과학을 다양하게 접할 수 있도록 구성하였습니다. 이러한 과학 원리의 기초를 잘 익혀 두면 중·고등학교에 진학해서도 과학을 쉽게 공부하는 데 큰 도움이 될 것입니다.

지금부터 여러분은 과학탐정이 되어서 생각하고 행동해 보세요. "과연 왜 그럴까?" 하는 호기심을 가지고 출발하면 됩니다. 이 호기심들을 논리적으로 풀어 나가다 보면 어느새 사건을 해결하는 동시에 과학적인 사고도 쑥쑥 커져 있을 것입니다.

자, 이제 과학을 재미있게 경험할 준비가 되었나요? 과학탐정 브라운이 되어서 사건 속에 숨어 있는 과학을 찾아 나서 봅시다.

신나는 **과**학을 만드는 사람들

 등장인물

르로이 브라운

한 번 읽은 것은 모두 기억하여 '인사이클로피디아'라 불림.

타고난 추리력으로 사설탐정소를 운영하고 있다.

브라운 경찰서장

아이다빌 시의 경찰서장이자 브라운의 아버지.

잘난 아들 덕에 범죄 해결은 만사 OK!

샐리 킴볼

미모와 지혜와 운동 신경을 모두 갖춘 여학생.

브라운의 사설탐정소 동업자이자 보디가드로 활약한다.

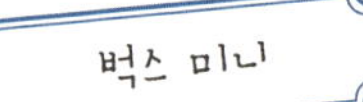 **벅스 미니**

말썽쟁이 소년 집단 호랑이 패의 우두머리.

브라운과 샐리를 미워하고 복수를 꿈꾸기도 한다.

차례

은그릇 도난 사건의 진실

“아이다빌 시에는 얼씬도 하지 마라!”

범죄자들 사이에서는 이런 경고가 퍼져 있었어요.

그들은 크든 작든 간에 아이다빌 시에서 수상쩍은 짓을 하면 두말 할 것 없이 감옥행이라는 것을 알고 있었어요.

1년이 넘도록 아이다빌 시에서는 어른이고 아이고 할 것 없이 법을 어기고서 빠져나간 사람이 없었어요. 아이다빌 시가 벌이는 범죄와의 전쟁에는 사람들이 짐작조차 못할 비밀이 있기 때문이지요.

아이다빌은 같은 크기의 다른 여느 해변 도시들과 다를 바가 없는 도시예요. 세차장이 두 곳, 델리 식품 가게가 두 곳,

영화관이 세 곳, 은행이 네 곳 있지요. 잘사는 집들이 있는가 하면 가난한 집들도 있고, 교회와 학교, 모두가 즐겨 가는 멋진 해변 그리고 근사한 낚시터도 있어요.

아이다빌 시 로버 거리에는 하얀 울타리를 두른 붉은 벽돌 집이 하나 있어요. 바로 이 집에서 인사이클로피디아가 부모님과 함께 살고 있어요.

인사이클로피디아의 아빠는 아이다빌 시의 경찰서장이에요. 브라운 경찰서장은 1년이 넘도록 골치 아픈 사건들을 집으로 가져왔어요. 인사이클로피디아는 이 사건들을 저녁 식사 시간 동안 거뜬히 풀어 버렸어요.

브라운 경찰서장은 지붕에라도 올라가 "내 아들은 천재 탐정이다!"라고 외치고도 싶었지만 그럴 수 없었어요. 아이다빌 시가 벌이는 범죄 소탕 작전의 숨은 주인공이 열 살짜리 아이라는 걸 누가 믿어 주겠어요?

인사이클로피디아 역시 자신이 아빠를 돕는 것에 대해서는 입도 벙긋하지 않았어요. 여느 다른 5학년생들하고 달라 보이고 싶지 않았거든요. 하지만 별명은 어쩔 수가 없었어요. '르로이'라는 정식 이름으로 부르는 사람은 부모님과 학교 선생님

들뿐이었어요. 아이다빌 시의 다른 모든 사람들은 '인사이클로피디아'라고 불렀지요.

'인사이클로피디아'는 온갖 종류의 지식이 들어 있는 백과사전을 일컫는 말이에요. 인사이클로피디아의 머릿속에도 온갖 종류의 지식이 들어 있지요. 인사이클로피디아는 아이다빌 시의 그 어느 누구보다도 책을 많이 읽은 데다 한번 읽은 것은 단어 하나 잊는 법이 없었어요. 그야말로 걸어 다니는 도서관 같았어요.

어느 날 저녁, 브라운 경찰서장이 밥맛이 없는 듯 느릿느릿 식사를 했어요.

인사이클로피디아는 아빠에게 풀리지 않는 골치 아픈 사건이 생겼다는 것을 금방 알아차렸지요.

브라운 경찰서장이 숟가락을 놓은 후 의자에 등을 기대고 앉아 말했어요.

"홀트 씨가 그러는데 오늘 오후, 자기 가게에 강도가 들었다는구려."

"그래요? 어쩐지 당신은 홀트 씨의 말이 안 믿긴다는 표정이네요."

브라운 부인이 말했어요.

"잘 모르겠소. 홀트 씨의 가게는 사람들이 많이 지나다니는 중심가에 있잖소? 그곳에서 고급 은그릇 8개를 도난당했다고 하는데 강도를 본 사람은 아무도 없어요."

"그 양반이 거짓말을 할 이유도 없잖아요."

브라운 부인이 말했어요.

"홀트 씨가 강도 때문에 손해 볼 일은 없어요. 도난당한 은그릇들은 홀트 씨의 것이 아니거든."

브라운 경찰서장이 말했어요.

"그럼 은그릇 주인은 누구예요?"

인사이클로피디아가 물었어요.

"카트라이트 부인이란다. 홀트 씨는 부인의 은그릇을 자신의 가게에 전시해서 팔아 주기로 한 거야. 카트라이트 부인이 부탁한 가격에 은그릇이 팔리면 수고비를 받기로 되어 있었지."

"아빠는 홀트씨가 은그릇을 도난당한 것처럼 꾸미고서는 다른 곳으로 빼돌려 되팔려고 한다고 생각하세요?"

인사이클로피디아가 물었어요.

“전에도 이와 비슷한 일이 있었단다.”

브라운 경찰서장이 말했어요.

“홀트 씨가 강도 얼굴을 봤대요?”

브라운 부인이 물었어요.

“강도는 한 사람이었대요. 홀트 씨는 그 남자를 다시 보면 알아볼 수 있다고 했어요.”

브라운 경찰서장은 윗옷 주머니에서 수첩을 꺼냈어요.

“홀트 씨가 이야기한 것을 몽땅 적어 두었지. 들어 보렴.”

브라운 경찰서장이 말했어요.

“오후 1시경, 가게에 혼자 있었어요. 출입문을 등지고 카트라이트 부인이 맡긴 고급 은그릇 8개를 전시한 진열장을 잠그고 있었지요. 갑자기 문 열리는 소리가 들리더니 남자 목소리가 들렸어요. ‘돌아보지 마라. 총을 들고 있다.’ 하는 말과 함께 내 등에 총구가 와 닿았어요. ‘진열장에 있는 것을 꺼내 나한테 모두 넘겨.’ 하기에 천천히 은그릇들을 꺼내어 넘겨주었지요. 그러자 은그릇들을 가방에 담는 것 같은 소리가 들렸어요. 잠시 후 남자는 떠났어요.”

브라운 경찰서장의 설명을 모두 들은 인사이클로피디아가

돌아보지 마라.
총을 들고 있다.

물었어요.

"홀트 씨는 강도가 가게에 있던 내내 등을 돌리고 있었어
요. 그런데 강도를 다시 보면 어떻게 알아볼 수 있다는 거지
요?"

브라운 부인이 인사이클로피디아를 자랑스럽게 바라보았어
요. 엄마는 아들이 사건을 금방금방 풀어낼 때면 항상 흐뭇해
했어요.

"홀트 씨가 이야기한 게 더 있지."

브라운 경찰서장이 수첩을 다시 읽어 주었어요.

"은그릇들은 모두 광택이 나게 잘 닦여 있었어요. 이태리제
커다란 과일 그릇을 넘겨줄 때 살짝 치켜들었지요. 그러자
거울에 비친 것처럼 강도 얼굴이 그릇에 비쳤어요."

브라운 부인이 걱정스런 표정으로 아들을 보았어요. 인사이
클로피디아는 두 눈을 감고 있었어요. 골똘히 생각을 할 때면
인사이클로피디아는 늘 두 눈을 감았지요.

브라운 경찰서장은 수첩을 주머니에 집어넣었어요.

"결코 만만하게 볼 간단한 사건이 아니야. 홀트 씨가 거짓말
을 하고 있다고 확신할 수가 없어."

인사이클로피디아가 감았던 눈을 떴어요.

"홀트 씨의 가게는 잘되고 있나요?"

"아니, 홀트 씨의 은행 거래 기록을 살펴보았는데 가게를 운영하기 위해 많은 돈을 대출받았더구나. 그 때문에 강도 사건을 가짜로 꾸며 냈다는 생각도 들어. 다른 곳으로 은그릇들을 빼돌려 판 돈이면 은행 대출금을 충분히 갚을 수 있을 테니까."

"당신은 지금 공정하지 않아요. 형편이 궁하다는 이유만으로 홀트 씨를 범인으로 의심할 수는 없어요."

브라운 부인이 말했어요.

"홀트 씨가 말한 그 과일 그릇을 본 적이 있어요, 아빠?"

인사이클로피디아가 말했어요.

"실은 지난달에 엄마랑 그 가게에 갔다가 그 은그릇을 살 뻔 했단다. 지름이 28센티미터쯤 되고 숟가락처럼 가운데가 움푹 들어간 그릇이지."

브라운 경찰서장이 말했어요.

"정말 갖고 싶은 그릇이었어. 하지만 너무 비쌌단다."

브라운 부인이 덧붙였어요.

“안 사길 잘하셨어요.”

인사이클로피디아가 말했어요.

“왜지?”

브라운 경찰서장이 물었어요.

“왜냐면 홀트 씨가 이야기를 지어내는 데 그 그릇이 필요했으니까요. 홀트 씨는 권총 강도 이야기만으로는 너무 간단해서 의심을 살 수도 있다고 걱정되었겠지요. 카트라이트 부인이 맡긴 은그릇들을 순순히 뺏기지만은 않았다는 걸 보여 줄 뭔가를 덧붙여야만 했어요. 그래서 과일 그릇을 거울처럼 이용해 강도의 얼굴을 보았다는 부분을 집어넣었던 거예요.”

인사이클로피디아가 말했어요.

“안됐지만 그 부분을 문제 삼을 수는 없어. 그 사람의 이야기가 전부 꾸며진 거라고 증명할 수 없듯이 강도의 얼굴을 보았다는 이야기도 사실이 아니라고 할 수가 없거든. 실제로 강도가 들었을 수도 있고, 강도 같은 건 아예 없었을 수도 있어. 우린 다시 원점으로 돌아온 거야.”

브라운 경찰서장이 말했어요.

"그렇지만은 않아요, 아빠. 홀트 씨가 거짓말하고 있는 것을
알려 줄 증거가 있으니까요!"
인사이클로피디아가 말했어요.

홀트 씨의 말이 거짓이라는 것을 알려 주는 증거는 무엇일까요?

◯ 21쪽에 해결이 있어요.

금속은 어떻게 광택이 나나요?

금속이 가지는 성질

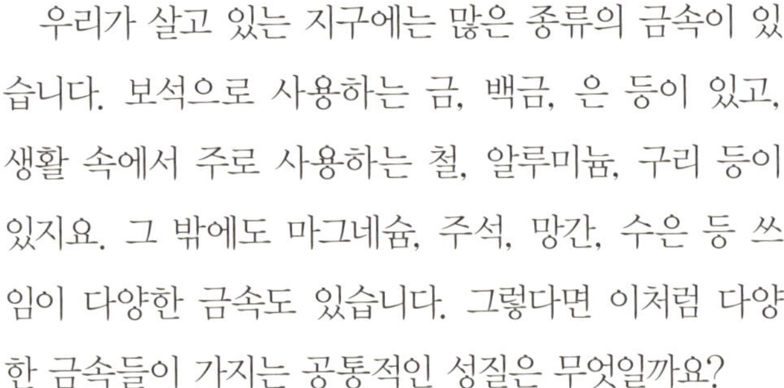

우리가 살고 있는 지구에는 많은 종류의 금속이 있습니다. 보석으로 사용하는 금, 백금, 은 등이 있고, 생활 속에서 주로 사용하는 철, 알루미늄, 구리 등이 있지요. 그 밖에도 마그네슘, 주석, 망간, 수은 등 쓰임이 다양한 금속도 있습니다. 그렇다면 이처럼 다양한 금속들이 가지는 공통적인 성질은 무엇일까요?

금속이 가지는 대표적인 성질로는 광택을 가지고 있다는 것입니다. 이러한 광택 때문에 우리는 금속을 보석이나 각종 장식품으로 이용하고 있지요.

금속이 광택을 가지는 이유는 금속 속에 존재하는 자유 전자가 외부로부터 들어오는 모든 빛을 흡수했다가 다시 내어놓기 때문입니다. 이것이 우리가 보기에는 광택이 나는 것처럼 보이는 것이지요. 따라서 금속으로 만든 제품들이 조명을 받으면 빛을 내며 더욱 아

름다워 보이는 것입니다.

두 번째 금속이 가지는 대표적인 성질로는 넓게 퍼지는 성질인 전성과 가늘게 늘어나는 성질인 연성이 있습니다. 이것은 금속의 모양이 외부의 힘에 의하여 변형

금반지

이 되더라도 자유 전자가 금속 양이온을 결합하기 때문에 가능한 것이지요. 따라서 금속의 모양이 넓어지거나 가늘게 되더라도 끊어지지 않는 것입니다. 이러한 성질을 이용한 대표적인 것으로는 전성을 이용한 알루미늄 호일과 연성을 이용한 철사, 구리선 등이 있지요.

세 번째 금속이 가지는 대표적인 성질은 열과 전기를 잘 전도하는 것입니다. 이것은 금속 속에 있는 자유 전자들이 열을 받으면 온도가 낮은 쪽으로 이동하면서 열이 전달되기 때문이지요. 아울러 금속에 전기를 흐르게 하면 자유 전자들이 (+)극 쪽으로 이동하면서 전기를 전달하는 것입니다. 우리가 전선으로 금속인 구리를 사용하는 것은

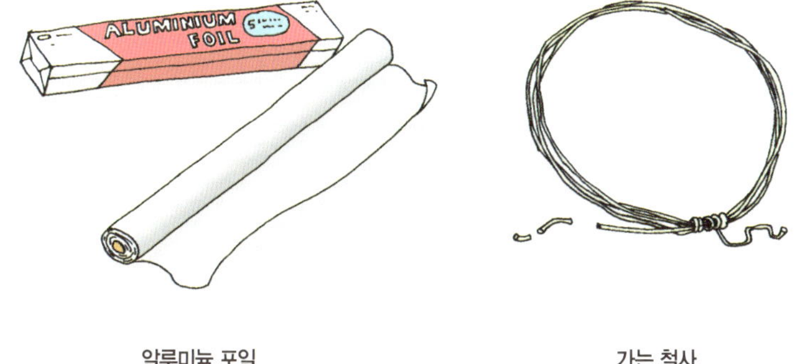

알루미늄 포일   가는 철사

구리가 열과 전기를 가장 잘 전도하는 성질을 가진 금속 중 하나이기 때문입니다.

이처럼 금속은 여러 가지 성질을 가지고 있으며 그 중심에는 금속 속에 존재하는 자유 전자가 있습니다. 금속은 양이온과 자유 전자가 결합을 하여 이루어지는데 자유 전자는 한곳에 속해 있지 않고 자유롭게 양이온 사이를 움직이고 있습니다. 이러한 자유 전자에 의하여 모든 금속들은 비슷한 성질을 나타내는 것이랍니다.

정답

지구상에 많은 종류의 금속이 존재합니다. 이러한 금속은 공통적인 특징이 있는데 그것은 자유 전자라는 것으로 이루어져 있다는 것이지요. 금속은 자유 전자와 양이온이 결합하여 이루어지는데 자유 전자는 한곳에 속해 있지 않고 양이온 사이를 자유롭게 움직이는 성질이 있습니다. 금속이 광택이 나는 이유 역시 이 자유 전자가 모든 빛을 흡수했다가 다시 내어놓는 성질이 있기 때문입니다.

은그릇 도난 사건의 진실 편

인사이클로피디아는 브라운 경찰서장의 말에서 홀트 씨가 어느 부분에서 거짓말을 했는지 알아차렸다. 브라운 경찰서장은 과일 그릇이 '숟가락처럼 가운데가 움푹 들어간 그릇'이라고 했다. 이런 그릇이라면 홀트 씨의 말처럼 그릇에 비친 모습을 보고 강도의 얼굴을 알아본다는 것이 결코 쉬운 일이 아니다.

숟가락을 들여다보면 무엇이 보이는가? 거울처럼 모습이 비치는데, 거꾸로 된 모습이다!

이 점을 증명해 보이자 홀트 씨는 강도는 꾸며 낸 이야기였음을 털어놓았다. 은그릇들을 다른 곳으로 빼돌려 판 돈을 차지할 속셈으로 자신이 훔쳤던 것이다.

난쟁이 초에 숨겨진 비밀

평소 인사이클로피디아는 낮에는 학교에서 공부를 하고, 저녁에는 아빠가 가져오는 어려운 범죄 사건을 해결하느라 바빴어요. 하지만 학교가 방학을 하면 이웃 친구들을 돕기 위해 사설탐정소를 열었어요. 겨울 동안에는 부엌 식탁에서 사건을 해결했어요. 여름에는 아빠가 출근하고 난 빈 차고가 사건 해결 장소가 되었지요.

어느 날 아침, 개리 해일이 맥주 깡통을 들고 나타났어요. 밑바닥이 뚫린 빈 깡통이었지요.

"이것 좀 봐."

개리가 손가락을 깡통에 난 구멍에 끼워 보이며 말했어요.

“공기가 통하라고 만든 구멍이야. 벅스 미니가 내 난쟁이를 깡통으로 덮어씌우기 전에 뚫은 거지.”

벅스 미니는 말썽꾸러기 상급생들의 대장이었어요. 그들은 자기들끼리 호랑이들이라는 모임을 만들어 우르르 몰려다니며 끊임없이 말썽을 피워 댔어요.

“도와줘. 누군가는 벅스 미니를 막아야 하는데 보다시피 난 너무 작아.”

개리는 인사이클로피디아 옆에 있는 휘발유 통 위에 25센트를 올려놓았어요.

사설탐정소를 연 이후로 줄곧 인사이클로피디아에게는 벅스 미니와 얽힌 사건을 해결해 달라는 요청이 많이 들어와 익숙한 터였어요. 매번 벅스 때문에 발을 동동 구르는 아이들을 여러 차례 구해 주었지요.

“무슨 일인지 이야기해 봐.”

인사이클로피디아가 주의 깊게 물었어요.

“휘튼 씨가 열었던 젤리 콩 사탕 겨루기 알지?”

개리가 물었어요.

“알지, 그 아저씨 장난감 가게에 있는 젤리 콩 사탕 수를 어림잡아 맞히는 경기잖아."

"내가 어림잡은 수가 가장 근접한 수였어. 하지만 이번 겨루기에서 이긴 것은 그렇게 기쁘거나 자랑스럽지 않아."

개리가 말했어요.

"휘튼 씨가 친척이라도 돼?"

"아니, 내가 짐작해 낸 수는 7,023개였고 젤리 콩 사탕 수는 11,006개였어."

개리가 말했어요.

"차이가 그렇게 많이 나다니, 네 명성에 흠이 갔겠다."

인사이클로피디아가 동정하며 말했어요.

"그래."

겨루기 시합에 참가하여 각종 경품들을 받는 게 취미인 개리가 대답했어요.

"젤리 콩 사탕 겨루기의 1등 상은 백설 공주에 나오는 일곱 난쟁이 모양의 양초들이었어. 어젯밤 휘튼 씨 가게에서 그 양초들을 받아 나오는데, 가게 밖에 있던 벅스와 호랑이들이 낚아채 가 버렸어."

개리가 말했어요.

“넌 뭘 했어?”

인사이클로피디아가 말했어요.

“꼼짝없이 당했지 뭐. 내가 말했잖아, 난 너무 작다고. 하지만 내 난쟁이들을 포기할 수는 없었어. 자랑스럽지는 않아도 어쨌든 우승 상품이었으니까! 그래서 호랑이들을 뒤따라 시내 교차로까지 쫓아갔어. 녀석들은 양초로 폭죽에 불을 붙였어. 폭죽이 터지면서 타이어 터지는 것 같은 소리가 났어. 그 소리에 놀라 교차로 여기저기서 차들이 멈춰 서는 바람에 한바탕 소란이 일었지.”

개리가 말했어요.

“그럼 네가 들고 있는 빈 맥주 깡통은 뭐야?”

인사이클로피디아가 물었어요.

“바람이 심하게 불어서 촛불이 꺼지지 말라고 벅스가 양초 위에다 깡통을 덮어씌웠어. 그리고 깡통 옆구리에 뚫은 구멍으로 폭죽을 넣어 불을 붙였어. 이건 그 애들이 돌아간 후에 내가 주워 온 거야.”

개리가 대답했어요.

“흠, 벅스를 만나 봐야겠다.”

인사이클로피디아가 말했어요.

호랑이들의 클럽 하우스는 스위니 씨의 자동차 정비소 뒤에 있는 비어 있는 헛간이었어요.

클럽 하우스에는 벅스 미니 혼자 있었어요. 탁자에 쌓아 놓은 카드에서 에이스와 왕 카드를 골라내 뒷면에 표시를 하고 있었어요.

"꺼져! 안 그러면 코를 사정없이 비틀어 버리겠어."

인사이클로피디아를 보자 벅스가 으르렁거리듯 말했어요.

인사이클로피디아는 벅스가 하는 그런 식의 인사에는 이미 익숙해져 있었어요.

안으로 들어서던 인사이클로피디아는 의자로 쓰이는 오렌지 상자 위에 있는 물체에 눈길이 갔어요. 난쟁이 모양을 한 양초였어요! 난쟁이는 문 쪽을 보고 서 있었는데 머리 부분은 이미 녹아 없어져 있었어요. 촛농이 가슴과 다리까지 흘러내려 기다란 수염이 만들어져 있었지요.

"저건 어젯밤에 개리한테서 뺏어 간 양초지? 개리가 휘튼 씨의 젤리 콩 사탕 수 맞히기에서 받은 일곱 난쟁이 양초들 가운데 하나 말이야."

꺼져! 안 그러면
코를 사정없이
비틀어 버리겠어.

인사이클로피디아가 말했어요.

"너, 머리가 어떻게 된 거 아냐? 내가 그런 겨루기에 참가할 만큼 한가한 줄 알아?"

벅스가 빈정거렸어요.

"어젯밤 교차로 근처에서 폭죽놀이를 할 때 내 양초로 불을 붙였잖아."

개리가 따졌어요.

"아이고, 맙소사! 이젠 못된 짓은 다 내가 했다네요! 저 양초는 이틀 전에 사서 저기에 둔 것입니다요. 그 이후로 손도 안 댔다, 됐냐?"

벅스가 말했어요.

"그럼 어떻게 불에 타 흘러내렸는데?"

개리가 물었어요.

"손을 안 댔다고 했지, 불을 안 붙였다고는 안 했거든? 어젯밤 우리 애들한테 내가 이곳에 있다는 걸 알리려고 초에 불을 붙였다, 왜?"

벅스가 말했어요.

"이곳엔 창문이 없어 불빛을 못 볼 텐데?"

인사이클로피디아가 꼬집었어요.

“후유, 내가 참아야지! 문을 열어 놨다, 어쩔래? 이 똘똘이 박사야!”

벅스가 눈을 굴리며 으르렁거렸어요.

“어젯밤엔 바람이 심했어. 문을 열어 놓았다면 촛불이 꺼졌을 텐데.”

인사이클로피디아가 말했어요.

순간 벅스의 표정이 한 대 맞은 것처럼 보였어요.

“아냐, 바람이 그렇게 세지는 않았어. 보다시피 초가 그런대로 잘 타 들어갔잖아?”

벅스가 말했어요.

“너무나 잘 탔지.”

인사이클로피디아가 벅스의 말을 바로잡았어요.

인사이클로피디아의“너무나 잘 탔지.”라는 말은 무슨 뜻일까요?

◐ 33쪽에 해결이 있어요.

계절의 변화가 생기는 이유는 무엇일까요?

계절의 변화

우리나라는 사계절이 뚜렷한 기후를 가지고 있습니다. 그렇다면 이렇게 계절이 달라지는 이유는 무엇일까요?

그것은 바로 우리가 살고 있는 지구가 기울어진 채로 태양을 중심으로 공전을 하고 있기 때문입니다. 지구가 공전하는 동안 태양에너지를 받아들이는 양이 지역에 따라 달라지므로 기온이 변하여 계절이 생기는 것이지요. 지금부터 계절의 변화와 관련하여 좀 더 자세히 살펴보기로 하겠습니다.

먼저 계절의 변화는 태양의 고도와 관련이 있습니다. 태양의 고도는 지구가 태양의 주위를 회전함에 따라 변하게 되지요. 이렇게 변하는 태양의 고도에 따라 지면에 도달하는 태양에너지의 양도 다릅니다. 그래서 온도에까지 영향을 끼치는 것이지요.

　따라서 태양의 고도가 가장 높은 경우는 태양으로부터 오는 열을 많이 받으므로 온도도 높게 되지요. 여름이 바로 이렇게 태양의 고도가 높은 때로 기온이 가장 높은 시기입니다.

　반면에 태양의 고도가 가장 낮은 경우에는 태양으로부터 오는 열이 가장 적으므로 온도가 낮게 되지요. 겨울이 바로 태양의 고도가 가장 낮기 때문에 1년 중에서 가장 기온이 낮습니다.

　또 태양의 고도가 변하면서 낮의 길이에 따라 달라집니다. 1년 동안 낮의 길이의 변화에 대하여 살펴봅시다.

　춘분과 추분에는 태양의 고도가 53도로 낮과 밤의 길이가 거의 비슷하지요. 하지만 하지에는 태양의 고도가 평균 76.5도로 높아 낮이 가장

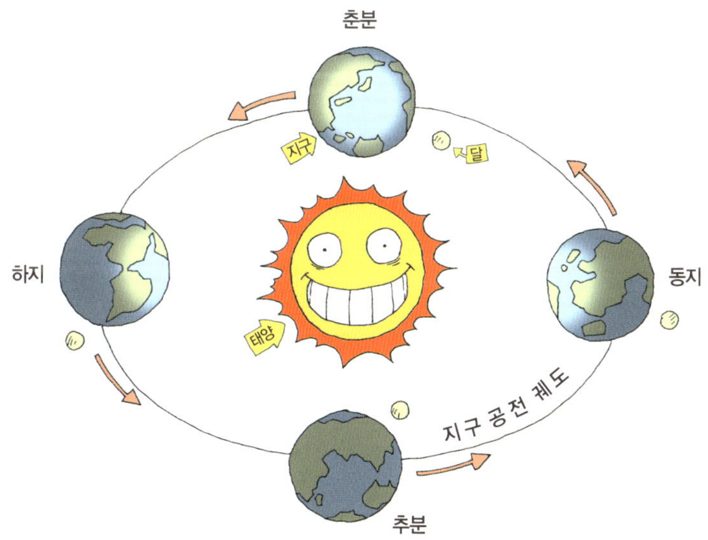

태양의 고도에 따른 낮 길이의 변화

길어집니다. 반면 동지 때에는 태양의 고도가 평균 29.5도로 낮아 낮이 가장 짧아지지요. 결국 이렇게 낮의 길이가 달라지면서 하루 동안 받는 태양에너지의 양의 차이에 의하여 계절의 변화가 생기는 것입니다.

이처럼 계절의 변화를 일으키는 가장 중요한 것은 바로 지구의 공전에 따른 태양의 고도 변화입니다. 만약 지구가 태양의 주위를 공전하지 않는다면 계절의 변화는 일어나지 않지요. 따라서 계절이 변하는 것은 태양과 지구가 만들어내는 합작품이라고 할 수 있답니다.

정답

우리나라는 봄, 여름, 가을, 겨울의 계절 변화 뚜렷한 나라입니다. 그렇다면 이러한 계절의 변화가 생기는 이유는 무엇일까요? 그것은 지구가 기울어진 채로 태양의 둘레를 공전하기 때문입니다. 이렇게 공전하면서 태양의 남중 고도가 변화하게 되고 이로 인하여 낮의 길이와 온도의 변화가 생기게 되는 것이지요. 따라서 낮의 길이가 길고 남중 고도가 높은 여름에는 기온이 높고 겨울에는 그 반대이므로 기온이 낮아 추운 것입니다.

난쟁이 초에 숨겨진 비밀 편

　벅스는 클럽 하우스에서 문을 열어 놓고서 촛불을 켜 놓았다고 말했다. 그리고 오렌지 상자 위에 양초를 놓은 후 손대지 않았다고 했다. 그런데 난쟁이 양초는 바람이 불어 들어오는 문 쪽을 향해 놓여 있었고, 촛농은 난쟁이 앞쪽으로 흘러내려 있었다. 벅스는 촛농은 바람이 불어오는 방향과는 반대쪽으로 흘러내린다는 사실을 몰랐다. 벅스 말이 사실이라면 촛농은 양초의 등 쪽으로 흘러내렸을 것이다! 거짓말이 들통 난 벅스는 개리의 양초들을 되돌려 주었다.

벅스의 함정

　벅스 미니의 머릿속에는 단지 두 가지 관심사로 가득 차 있었어요. 하나는 못된 장난이었고 다른 하나는 인사이클로피디아를 향한 복수심이었어요.

　인사이클로피디아에게 번번이 당한 벅스는 소년 탐정을 여지없이 때려눕히고 싶어 견딜 수가 없었어요. 하지만 감히 주먹을 날릴 수는 없었지요.

　그것은 인사이클로피디아의 아빠가 경찰서장이기 때문은 아니었어요. 소년 탐정의 동업자이자 조수인 샐리 킴볼 때문이었지요.

　그 사건이 있기 전까지 벅스는 자신이 열 살짜리 여자아이에게 얻어터질 거라고는 상상도 못 했어요. 어린 스카우트 단원을 괴롭히다가 샐리에게 걸렸던 사건 말이에요.

샐리가 덩치값 좀 하라며 막아섰을 때 벅스는 코웃음을 쳤어요. 순간 샐리의 오른손 주먹이 바람처럼 나갔어요. 벅스가 샐리의 주먹 한 방에 나가떨어지자 모두들 깜짝 놀랐어요. 잔뜩 모여든 구경꾼들도 놀라 수군거렸어요.

벅스는 얼굴이 벌게진 채 벌떡 일어났지만 연이어 쏟아지는 샐리의 주먹 세례에 결국은 땅바닥에 길게 누워 끙끙거릴 수밖에 없었어요.

그 소식은 순식간에 퍼졌고 그 이튿날 인사이클로피디아는 샐리를 사설탐정소의 동업자로 불러들였어요.

바로 그 샐리 때문에 벅스는 인사이클로피디아를 힘으로 어찌해 볼 생각은 꿈도 꾸지 못했어요.

"얼마 전에 맡은 난쟁이 초 사건으로 벅스에게 미움받을 일이 또 늘었네?"

샐리가 걱정스러운 듯 말했어요.

"원래부터 벅스는 나를 싫어해. 그리고 전에 너한테 당한 일로도 가만히 있지는 않을 거야."

인사이클로피디아가 샐리에게도 경고를 해 주었어요.

"우리 둘 다 조심하는 게 좋겠어. 벅스가 언제 무슨 짓을 할지 모르니까."

샐리도 소년 탐정과 같은 생각이라는 듯 고개를 끄덕이며 대답했어요.

"우리, 벅스한테 고맙다는 인사라도 해야 하는 거 아니야? 어쨌든 벅스가 일으키는 말썽 덕분에 탐정소 일감이 끊이지를 않잖아."

인사이클로피디아가 말했어요.

"그 말하니까 생각나는데, 정오 무렵에 여기 오다가 듀크 켈리를 보았어. 벅스 패거리들 중 하나 말이야. 여기 사설탐정소에서 나오던데 넌 어디 있었어?"

"밖에. 마이크 게이더라는 남자아이한테서 전화가 왔는데, 오래된 등대 옆에서 당장 만나자는 거였어. 그런데 가서 1시간을 기다렸는데 나타나지도 않았어."

인사이클로피디아가 말했어요.

"이거 좀 수상한데? 널 탐정소 밖으로 유인하기 위한 전화 같아. 네가 나가 있는 동안에 듀크 켈리가……"

샐리가 얼굴을 찡그렸다가 다시 말을 이었어요.

"분명 벅스가 무슨 꿍꿍이를 꾸미는 거야!"

"벅스는 한동안 우릴 건드리지 않을 거 같은데? 지금 미스터 주니어 아이다빌이 되려고 정신없이 바쁘잖아."

인사이클로피디아가 말했어요.

"미스터 주니어 아이다빌?"

샐리가 물었어요.

"다음 주에 와이엠시에이가 여는 보디빌딩 대회가 있어. 덩치가 좋고 근육이 가장 발달한 남자를 뽑는데 우승자에게는 미스터 아이다빌이라는 칭호가 주어져. 미스터 주니어 아이다빌은 소년부 우승자에게 주어지는 칭호야."

인사이클로피디아가 설명해 주었어요.

"벅스 정도면 챔피언은 식은 죽 먹길걸?"

샐리가 말했어요.

바로 그때 경찰차가 인사이클로피디아의 집 앞에 와 멈춰 섰어요.

잠시 후 차에서 프리드먼 경관이 내렸어요. 그리고 그 뒤를 따라 벅스 미니가 내리는 게 아니겠어요? 수영복을 입은 벅스의 피부는 햇빛에 보기 좋게 태운 구릿빛이었어요.

"제가 여름 내내 말씀드렸잖아요. 이 사설탐정소는 눈가림
이에요. 이곳의 진짜 목적은 훔친 물건들을 처리하는 곳이
라니까요!"

벅스가 안타깝다는 듯 말했어요.

"진정해라, 벅스."

프리드먼 경관이 말했어요. 그리고 인사이클로피디아를 향
해 말했어요.

"네가 자기 손목시계를 가져갔다고 벅스가 신고를 했다."

"벅스, 무슨 뚱딴지 같은 소리야?"

인사이클로피디아가 말했어요.

"시침 떼지 마셔! 그 덩치 큰 두 녀석한테서 손목시계를 전
해 받았잖아!"

벅스가 소리쳤어요.

"뭐?"

인사이클로피디아는 어리둥절했어요.

"모르는 척하지 마! 오늘 정오 무렵 해변에 누워 있는데 덩
치 큰 두 녀석이 나한테 와서는 다짜고짜 내 손목에서 시계

시침 떼지 마셔!

를 벗겨 가 버렸어. 그 둘의 뒤를 밟았더니 이곳으로 와서 너한테 그 시계를 주더라?”

벅스가 으르렁거리듯 말했어요.

“오늘 정오 무렵 어디에 있었니?”

프리드먼 경관이 인사이클로피디아에게 물었어요.

“오래된 등대에 나가 있었어요.”

인사이클로피디아는 정오쯤에 걸려 온 수상쩍은 전화에 대해서도 설명했어요.

“네가 등대에 있는 걸 본 사람이 있니?”

프리드먼 경관이 말했어요.

“없어요. 혼자서 등대에서 1시간을 기다리다가 그냥 집으로 돌아왔어요.”

인사이클로피디아가 대답했어요.

“네가 등대에 나가 있는 동안 아무도 널 본 사람이 없다? 그럴 듯한 알리바이를 꾸며 내지 못할 거면 차라리 그냥 가만있겠다, 나는!”

벅스가 이죽거렸어요.

“너 입 큰 거 다 아니까, 조용히 좀 해.”

샐리가 벅스의 말을 가로막았어요.

"그러는 넌 해변에서 뭘 하고 있었어?"

샐리의 질문에 벅스가 거들먹거리며 말했어요.

"선탠을 하고 있었지. 나는 장차 미스터 주니어 아이다빌이 되실 몸이다, 이거야."

벅스는 근육을 자랑하듯 팔을 들어 올렸어요.

"선탠을 하면 근육이 더 근사하게 드러난다는 거 아냐? 선탠도 그냥 누워만 있으면 절로 되는 게 아니야. 한쪽만 너무 발갛게 태우지 않으려면 계속 자세를 바꿔 줘야 한다, 이 말씀이지."

인사이클로피디아가 보기에도 벅스의 몸은 선탠이 고르게 잘되어 있었어요. 팔이며 다리까지 한군데도 빠짐없이 똑같은 구릿빛으로 물들어 있었지요.

"이 좀도둑께서 내 손목시계를 이곳 어딘가에 감춰 두었을 게 분명해. 소란이 가라앉으면 내다 팔 계획이겠지?"

벅스가 말했어요.

"의심스러우면 찾아봐. 여기에 네 손목시계가 어디 있다는 거야?"

인사이클로피디아도 지지 않고 맞섰어요.

"오, 그러셔?"

벅스가 콧방귀를 뀌었어요.

벅스는 차고 안쪽에 있는 선반들을 뒤지기 시작했어요. 그리고 평소 습관처럼 우쭐대며 이야기를 계속 늘어놓았어요.

"선탠을 하는 건 보통 기술로는 안 되지."

벅스가 거들먹거렸어요.

"그 덩치 큰 두 녀석이 다짜고짜 나를 덮쳐 손목시계를 뺏어 갔을 때가 3시간째 선탠을 하던 중이었거든. 1시간만 더 하면 미스터 주니어 아이다빌 칭호에 걸맞게 완벽한 선탠을 할 수 있었을 텐데."

벅스는 쉴 새 없이 떠들어 대며 구릿빛 손으로 선반에 놓인 상자들을 뒤지고 있었어요.

갑자기 벅스의 얼굴이 환해졌어요. 그러더니 상자 안에서 손목시계를 꺼내 들었어요.

"찾았다! 우리 엄마가 선물한 시계야. 내 보물 1호!"

벅스가 인사이클로피디아를 노려보며 쏘아붙였어요.

"이 쥐새끼 같은 좀도둑 녀석!"

"쇼는 이제 그만해, 벅스."

인사이클로피디아가 차분하게 말했어요.

"나를 함정에 빠뜨려 복수하려고 그러는 거 다 알고 있어.

하지만 소용없어. 그 시계는 훔친 게 아니니까."

인사이클로피디아는 무슨 증거로 그렇게 말했을까요?

◐ 47쪽에 해결이 있어요.

선탠을 하면 피부색이 변하는 이유는?

피부와 자외선의 관계

"선탠을 하고 있었지. 나는 장차 미스터 주니어 아이다빌이 되실 몸이다. 이거야."
벅스는 근육을 자랑하듯 팔을……

여러분은 뜨거운 여름날, 햇빛에 노출해 피부가 붉게 익거나 검게 탄 적이 있지요?

피부색이 변하는 이유는 자외선 때문인데 적당한 자외선은 살균 효과가 있고 사람의 몸에서 비타민 D가 생성되도록 도움을 주기도 합니다.

그러나 지나치게 햇빛에 노출이 되면 우리 피부는 해로운 자외선으로부터 스스로 지키기 위하여 멜라닌이라는 색소를 만들게 됩니다. 바로 이 때문에 피부가 흑갈색으로 변하는 것입니다.

자외선을 보통 UV(Ultra Violet)라고 하는데 파장의 길이에 따라 3가지로 구분됩니다. 그중에서 파장이 가장 긴 것이 UV-A이고 그 다음이 UV-B, UV-C이지요.

UV-A는 단시간에 멜라닌 색소를 만들게 해 피부

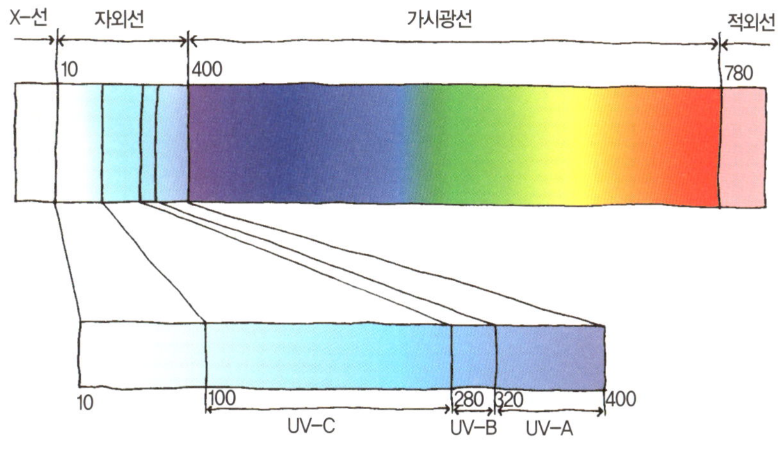

자외선의 종류(단위 : nm 파장 영역)

색이 검게 변하게 합니다. 우리가 선탠을 할 때 UV-A 자외선 아래서 하는 것이 가장 이상적이라고 할 수 있지요.

하지만 UV-B는 기미와 주근깨의 원인이 되고 피부에 급격히 작용해 화상을 입힐 수 있으며 피부암을 일으키기도 합니다. 하지만 피부에서 프로비타민 D를 활성화시켜 인체에 필요한 비타민 D로 전환시키기도 하지요.

UV-C는 오존층에 완전히 흡수되어 지표에까지 도달하지 않습니다. 하지만 만약 오존층 파괴로 지표에 도달한다면 염색체 변이를 일으키거나 눈의 각막을 해치는 심각한 문제를 일으킬 수 있는 위험한 자외선입니다.

자외선은 위치와 날씨, 계절에 따라 그 양이 달라집니다. 그중에서 가장 위험한 곳이 바로 바닷가나 수영장과 같이 물이 많은 곳이지요. 그 이유는 자외선이 물에 의하여 반사되어 다른 지역보다 양이 많기 때문입니다. 따라서 여름철 물가에서 피부가 더 빨리 타는 것은 이러한 이유 때문이지요.

사건을 해결하는 데 도움을 준 과학 지식은 무엇일까요?

선탠을 하면 피부색이 갈색 계통으로 변한다는 것을 알고 있을 것입니다. 그런데 해변에서 벅스는 3시간 동안이나 선탠을 했다고 했지요. 그 정도의 시간이라면 누구나 피부가 구릿빛으로 변해 있어야 합니다. 하지만 시계를 차고 있었다면 어떨까요? 시계를 찬 손목 부분이 직접 자외선이 닿지 않아서 원래의 피부색을 그대로 유지하고 있어야 합니다.

정답

여러분은 아마 여름에 선탠을 하여 구릿빛으로 변한 피부를 본 적이 있을 것입니다. 그렇다면 선탠을 하면 피부가 어두운 색으로 변하는 이유는 무엇일까요? 그것은 우리의 피부가 해로운 자외선으로부터 스스로 보호하기 위하여 멜라닌이라는 갈색 색소를 만들기 때문입니다. 따라서 선탠을 하면 우리 피부는 점점 갈색 계통이 어두운 색으로 변하게 되는 것이랍니다.

벅스의 함정 편

　벅스는 "덩치 큰 두 녀석이 다짜고짜 나를 덮쳐 손목시계를 뺏어 갔을 때가 3시간째 선탠을 하던 중이었거든" 하고 말했다. 그런데 인사이클로피디아가 보기에 벅스의 피부는 '팔이며 다리가 한군데도 빠짐없이 똑같은 구릿빛으로' 선탠이 되어 있었다. 벅스가 주장한 대로 정말 손목시계를 빼앗겼다면 시계를 차고 있던 손목에는 하얗게 흔적이 남아 있어야 했다. 시계 때문에 선탠이 되지 않았을 테니까!

　벅스는 어쩔 수 없이 사실대로 털어놓았다. 전화를 걸어 인사이클로피디아를 불러낸 뒤 듀크 켈리를 시켜 손목시계를 차고 선반에 놓인 상자에 미리 숨겨 놓았던 것이다.

엘머 에반스가 인사이클로피디아의 사설탐정소를 찾아왔어요. 이제 아홉 살인 엘머는 2분 15초 동안이나 숨을 참을 수 있는 재주가 있었지요.

게다가 기록을 늘리기 위해 날마다 연습을 했어요. 숨을 참고 입을 꾹 다물고 있는 모습이 두 눈은 튀어나올 것처럼, 얼굴은 금방이라도 터질 것처럼 보였어요. 그런 엘머가 숨을 몰아쉬면서 들어섰어요.

"어서 와. 무슨 안 좋은 일이라도 있니?"

인사이클로피디아가 엘머를 맞으며 물었어요.

"우리 마을 숨 참기 챔피언이 누구지?"

엘머가 물었어요.

"그야, 당연히 너지."

인사이클로피디아가 말했어요.

"나도 그렇게 생각했는데, 이제는 아니야."

엘머가 길게 한숨을 쉬었어요.

"우아, 2분 15초나 되는 네 숨 참기 기록을 깬 사람이 나왔어? 누구야?"

인사이클로피디아가 물었어요.

"윌포드 위긴스. 숨 참는 약이라도 먹었나 봐."

엘머가 말했어요.

윌포드 위긴스는 고등학교를 그만두고 벼락부자가 되는 온갖 방법을 연구하는 형이에요.

"윌포드가 어쨌는데?"

인사이클로피디아가 물었어요.

"어제 그 형이 곰 동굴에 나 있는 구멍으로 내려갔어. 그래서 나도 따라 해 봤어."

엘머가 말했어요.

"맙소사! 그 구멍은 위험해서 아이들은 가지 못하게 되어 있잖아! 그 구멍 속에는 독가스가 차 있어서 의식을 잃거나 죽을 수도 있어!"

소년 탐정이 놀라서 소리쳤어요.

"숨을 참았어."

"바닥까지 내려갔어?"

"실패했어. 빨랫줄로 몸을 묶고 내려갔는데 1분이 지나도 바닥에 안 닿는 거야. 그래서 숨이 차기 전에 다시 올라왔어. 그런데 월포드는 자신은 해냈다고 했어."

"그 형이 해냈다고? 그걸 어떻게 알아?"

"월포드가 5시에 동굴 입구에서 비밀 모임을 연다고 했어. 모든 아이들에게 구멍을 내려가 본 것들을 이야기해 줄 거래. 모두를 부자로 만들어 준다나 어쩐다나."

"나한테는 비밀 모임에 대한 어떤 말도 없었는데."

"아직도 감정이 남아 있나 보지 뭐. 지난달 네가 월포드가 원기 주스 파는 것을 망쳐 놓았잖아."

"그 원기 주스는 그냥 설탕물이었어. 암만해도 너랑 같이 그 비밀 모임에 가 봐야겠다."

인사이클로피디아가 말했어요.

곰 동굴은 아이다빌 시 외곽에서 1.6킬로미터 정도 떨어진 곳에 있었어요. 인사이클로피디아와 엘머가 도착했을 때는 이미 많은 아이들이 월포드의 말을 들으려고 모여 있었어요.

월포드가 조용히 하라고 손을 들어 올렸어요.

"너희들, 이 동굴 안에 무엇이 있는지 알아?"

"그걸 누가 몰라? 여기저기 바위들이 널려 있고 바닥에는 중국까지 이어질 것 같은 구멍이 뚫려 있지."

벅스 미니가 말했어요.

월포드가 웃음을 터뜨렸어요.

"그 구멍에는 사람이 죽을 수 있는 위험한 독가스가 채워져 있어. 그래서 아무도 내려가 볼 엄두를 못 냈지만 난 내려가 봤어."

"독가스가 있는데 어떻게?"

찰리 스튜어트가 물었어요.

"공기탱크로 숨을 쉬었지. 스킨 다이버들이 사용하는 거랑 같은 거야."

월포드가 알려 주었어요.

"공기탱크래! 그렇다면 여전히 내가 숨 참기 챔피언이야!"

엘머가 기쁜 얼굴로 속삭였어요.

월포드가 잠시 뜸을 들이며 다시 말을 이었어요.

"내가 그 구멍 바닥에서 무엇을 찾았는지 알고 싶지 않아? 또 다른 동굴, 곰 동굴보다 더 큰 동굴이 있었어. 동굴 벽에는 그림들이 그려져 있었지, 원시인들이 그린 그림 말이야!"

아이들 가운데서 웅성거림이 일었어요.

"이 사실은 절대 비밀로 해야 해, 알겠지? 어떤 눈치 빠른 어른이 이 사실을 알게 되면 당장 이 일대 땅을 몽땅 사들일 테니까. 그리고 동굴 벽화를 보려고 찾아오는 관광객들과 그림 애호가들한테 최소한 3달러씩은 받고 입장시킬 거라니까!"

월포드가 말했어요.

아이들이 고개를 끄덕거렸어요. 돈을 벌 수 있는 기회라고 생각하는 것 같았어요.

"내가 이 땅을 빌릴 거야. 그럴 돈은 있어. 하지만 아래에 있는 동굴로 내려가려면 그 구멍 갖고는 안 돼. 더 나은 통로를 만들려는데 돈이 조금 부족해."

월포드가 말했어요.

"결국 우리에게 돈을 빌려 달라는 거였군."

호랑이들 중 하나인 록키 그래함이 투덜거렸어요.

"그럼 넌 꺼져."

록키에게 한마디 던진 윌포드가 다른 아이들을 향해 밝은 표정으로 말했어요.

"5달러씩만 내면 내가 이 사업의 주식을 한 장씩 줄게. 너희들이 내 동업자가 되는 거야."

"그 벽화들을 원시인들이 그렸다고 어떻게 보장해?"

베니 브레슬린이 물었어요.

"그 동굴 벽화들을 발견한 후 집에 가서 카메라를 가져와 플래시를 터뜨리며 사진을 찍어 뒀지."

윌포드가 말했어요.

윌포드가 건네준 사진들이 아이들에게 돌려졌어요. 첫 번째 사진은 털북숭이 코뿔소였어요. 두 번째 사진은 공룡을 사냥하는 원시인이었어요. 세 번째 사진은 돌격해 오는 매머드였지요.

"이것들이 그 증거야!"

윌포드가 소리치며 말했어요.

이것들이 그
증거야!

“이곳은 옐로우 스톤 공원보다도 사람들이 더 몰려올 거야.
너희들은 단돈 5달러에 어마어마한 입장권 수익을 나눠 갖
게 되는 거지. 하지만 명심해 둬! 이 엄청난 발견에 대해서
다른 사람들한테는 입도 벙긋해선 안돼. 너희들 엄마일지라
도 말야.”

“아까는 내가 너무 성급했나 봐. 미안해, 형. 나한테 10달러
가 있어. 난 주식 2장을 줘.”

록키 그래함이 사과를 하며 말했어요.

“알았어. 넌 주식 2장. 난 마음이 약해서 큰돈을 벌 수 있
는 이런 기회를 누구한테는 주고 누구한테는 안 주고 그러
질 못해.”

월포드가 선심을 쓰듯 말했어요.

호랑이들이 앞다투어 자전거를 향해 뛰었어요. 모아 둔 클
럽 회비로 주식을 몽땅 사자고 재잘거리면서요.

인사이클로피디아는 호랑이들이 자전거를 타고 사라지는
것을 지켜보았어요. 그런 다음, 남아 있는 아이들에게 돈을
내지 말고 기다리라고 말했어요.

“동굴 그림은 가짜야. 월포드가 보여 준 벽화는 원시인들이

그리지 않았어."

인사이클로피디아는 동굴 그림이 가짜라는 것을 어떻게
알았을까요?   ● 61쪽에 해결이 있어요.

동굴은 어떻게 만들어지나요?

신비한 동굴에 대하여

"어제 그 형이 곰 동굴에 나 있는 구멍으로 내려갔어. 그래서 나도 따라 해 봤어." 엘머가 말했어요.

우리가 살고 있는 지구에는 수많은 종류의 동굴이 있습니다. 이러한 동굴은 만들어지는 과정에 따라 이름이 달라지지요. 가장 대표적인 동굴로는 석회 동굴, 용암 동굴, 해식 동굴 등이 있습니다.

먼저 석회 동굴에 대하여 알아보도록 합시다. 석회암 지대에서 만들어지는 석회 동굴은 석회암 동굴이나 종유동이라고도 합니다. 석회암이 분포하는 지대에 이산화탄소가 섞인 빗물이나 물이 석회암 틈으로 침투하여 탄산칼슘을 주성분으로 하는 석회암층을 조금씩 녹이게 됩니다. 이러한 과정이 오랜 시간 계속되면 석회암 지대가 침식하면서 공간이 점점 넓어지고 결국 동굴이 만들어지게 되지요.

석회 동굴이 만들어질 때 종유석, 석순, 석주 등 특이한 암석도 함께 만들어집니다. 또 석회암층이 넓은 지역에 분포되어 있고 지각이 안정되어 있을수록 넓은 동굴이 생깁니다.

이번에는 용암 동굴에 대하여 알아봅시다. 용암 동굴은 용암이나 가스가 지표를 뚫고 빠져나간 자리에 터널 모양의 공간이 생긴 것을 말하지요. 따라서 이 동굴은 주로 과거에 화산 활동이 있었던 지역에서 생긴 동굴입니다.

우리나라의 경우 제주도에서 주로 발견되는 동굴이 바로 용암 동굴이지요. 하지만 특이한 것은 용암 동굴에도 용암 방울에 의하여 고드름이 생겨서 석회 동굴과 같이 유사한 모양을 하고 있는 동굴도 있습니다.

마지막으로 해식 동굴에 대하여 알아봅시다. 해식 동굴은 바닷물에 의한 침식 작용으로 만들어진 동굴을 말합니다. 바닷가의 암석이나 약한 지층에 지속적으로 파도가 부딪치면 그 힘으로 점점 암석이 깎여 들어

석회 동굴

용암 동굴

해식 동굴

가 공간이 생기게 되지요. 이 틈이 점점 넓어지거나 깨지면서 해식 동굴로 발전하게 되는 것입니다. 하지만 다른 동굴들과 달리 해식 동굴은 파도가 지속적으로 닿아야 생길 수 있으므로 파도가 닿는 깊이 이상으로는 동굴이 만들어지지 않습니다. 따라서 그 규모나 길이가 어느 정도 한계가 있지요. 보통 밀물 때는 바다에 잠기는 곳도 있습니다.

이처럼 동굴은 만들어지는 과정에 따라 종류가 달라집니다. 하지만 무엇보다 중요한 것은 동굴은 자연이 만들어 낸 소중한 작품이라는 것이지요. 따라서 우리가 소중하게 지키고 보존해야 합니다.

사건을 해결하는 데 도움을 준 과학 지식은 무엇일까요?

지구의 역사를 살펴보면 그 시대를 살았던 대표적인 식물과 동물들이 있습니다. 공룡은 중생대 백악기에 번성했던 대표적인 동물이지요. 우리 인간은 공룡이 멸종하고 난 이후인 신생대에 등장하게 되지요. 따라서 동굴 벽화에 공룡을 사냥하는 인간의 모습이 그려져 있다는 것은 말이 되지 않습니다.

정답

지구에는 수많은 동굴이 있습니다. 이러한 동굴들이 만들어지는 과정에 따라 그 종류가 달라지지요. 동굴은 크게 석회 동굴과 용암 동굴로 나눌 수가 있습니다. 석회 동굴은 석회암 지대를 탄산이 녹아 있는 지하수가 오랜 세월 흐르면서 석회암층에 커다란 구멍이 생겨 만들어진 것입니다. 용암 동굴은 화산이 폭발하면서 가스나 용암이 빠져나간 자리에 만들어진 것을 말합니다.

동굴 벽화의 미스터리를 밝혀라! 편

인사이클로피디아는 그 사진들이 월포드가 직접 그림을 그린 다음에 찍은 것임을 알았다. 사진들 중 하나는 '공룡을 사냥하는 원시인'이었기 때문이다. 그것이 월포드의 실수였다!

인류는 지구상에서 공룡과 같은 시대에 살지 않았다. 인류는 공룡이 사라진 후 수백만 년이 지나서야 나타나기 시작했으니까. 원시인 화가는 지구에 공룡이 살았다는 것을 몰랐으니 어떻게 생겼다는 것도 알았을 리 없을 것이다!

인사이클로피디아의 날카로운 눈썰미 때문에 월포드는 다시 한 번 사업을 접어야 했다.

돈 바꾸기 속임수

헥터 콩클린이 헌 양말들로 가득 찬 손수레를 밀고 브라운 사설탐정소로 들어왔어요. 양말들 사이에서 쨍그랑거리는 소리가 났어요. 헥터는 25센트를 인사이클로피디아의 옆에 놓인 휘발유 통 위에 놓았어요.

"나 좀 도와줘, 급해."

"무슨 일이야?"

"나 대신 돈을 좀 바꿔 줘."

헥터가 양말들을 가리키며 말했어요.

"양말들 속에는 페니(1센트 동전을 말함. 100센트가 1달러임.)가 가득 들어 있어. 이 페니들을 은행에 저금하려고 가는데 레드 슬래터리가 나를 봤어. 그래서 이곳으로 피해 들어올 수 밖에 없었어.”

“아!”

인사이클로피디아가 이해가 간다는 듯 고개를 끄덕였어요.

레드 슬래터리는 골치 아픈 십대였어요. 이곳저곳을 돌아다 니다 아이들을 만나면 돈을 잔돈으로 바꿔 달라고 했어요. 그 런데 아이들 주머니에 있는 모든 돈을 받고는 자신은 잊어버 린 듯 주지를 않았어요.

“레드가 이 양말들 속에 든 것이 무엇인지 아는 날엔 난 망 했어, 망했다고!”

헥터가 울상이 되었어요.

“내가 얼마나 오랫동안 이 동전들을 모았는데! 반드시 레드 를 따돌려야만 해!”

인사이클로피디아는 곰곰이 생각해 보았어요. 자신이 헥터 를 위해 동전을 바꿔다 주는 일을 맡고 헥터는 집 뒷문으로 몰래 나가면 될 것 같았어요. 하지만 그렇게 하면 동전이 가 득 든 손수레를 밀고서 레드 슬래터리를 상대해야 하는 사람 은 바로 자신이 되겠지요!

핵터가 차고 밖을 슬쩍 내다보았어요.

"레드가 날 기다리느라 저쪽 아랫길에 있어. 난 이제 꼼짝 없이 독 안에 든 쥐 꼴이야!"

"진정해."

인사이클로피디아가 말했어요. 핵터에게 하는 말이었지만 자신에게 하는 말이기도 했어요.

"나 좀 어서 구해 줘! 레드의 말을 누가 감히 거절해? 벅스 미니가 지난주에 그랬다가 어떻게 됐는지 너도 알잖아."

핵터가 다시 울상이 되었어요.

"응, 알아. 벅스가 레드한테 어림도 없다고 했다가 주머니에 있는 돈을 다 털리고 물레방아 개울에 처박히고 말았지."

인사이클로피디아가 말했어요.

"레드가 하는 짓을 누군가 어른한테 말씀드려야 해. 하지만 나도 물론이고 다들 무서워서 못해."

핵터가 얼굴을 찡그리며 말했어요.

"그래, 그거다!"

인사이클로피디아가 손뼉을 치며 말했어요.

"어른들이 레드가 하는 짓을 보게 하면 되는 거야! 나를 따라와."

인사이클로피디아는 헥터를 데리고 집 안으로 들어가 뒷문
으로 빠져나왔어요. 그리고 콜비 씨 뜰을 건너 링크 씨의 뒷
문에 도착했어요. 화가인 링크 씨는 집에서 작업을 했어요.
게다가 동전 수집가이기도 했지요.

인사이클로피디아는 링크 씨한테 레드 슬래터리 일을 이야
기했어요. 링크 씨는 레드가 하는 짓을 지켜보겠다고 했지요.

인사이클로피디아는 링크 씨에게 7달러 19센트를 빌려 달
라고 했어요. 레드가 돈을 바꾸자고 하면 헥터에게 돈이 있어
야 했으니까요.

"5달러 지폐 1장, 1달러 지폐 1장, 50센트 동전 1개, 쿼터(25
센트 동전) 1개, 다임(10센트 동전) 4개, 페니(1센트 동전) 4개로
주세요."

링크 씨가 돈을 가지러 거실을 나가자 헥터가 말했어요.

"지폐에 표시를 해 두자. 그러면 돈을 가져가지 않았다고
나중에 발뺌하지 못할 거야."

"안 돼, 레드가 표시를 보면 낌새를 알아채고 그만둬 버릴 거
야. 지폐의 일련번호와 동전의 제조 날짜를 종이에 적어 두자."
인사이클로피디아가 말했어요.

링크 씨가 소년 탐정의 부탁대로 돈을 가져왔어요. 인사이클로피디아는 일련번호와 제조 날짜를 종이에 베껴 두었어요. 그런 다음 헥터에게 주머니를 비우게 했어요. 헥터는 링크 씨와 소년 탐정에게 자신의 빈 주머니를 보여 주었어요.

"이제, 우리가 왔던 대로 차고로 돌아가. 그리고 집 앞 길로 이곳으로 다시 오는 거야. 바로 집 앞에서 멈춰야 해. 그래야 레드가 하는 말과 행동을 링크 씨가 보고 들을 수 있어."

헥터는 링크 씨가 마련해 준 7달러 19센트를 쥐고 링크 씨 집 뒷문으로 달려 나갔어요.

얼마 후 인사이클로피디아의 집 쪽에서 링크 씨 집 쪽으로 보도를 걸어오는 헥터의 모습이 보였어요.

레드의 목소리가 들렸어요.

"야, 꼬마야! 잠깐 보자."

헥터는 약속대로 링크 씨 집 앞에서 멈춰 섰어요.

"돈 좀 바꿔 주라."

레드가 다가오며 말했어요.

"어떻게 바꿔 줄까?"

링크 씨가 준 돈을 꺼내며 헥터가 말했어요.

돈 좀 바꿔 주라.
어떻게 바꿔 줄까?

그 순간 인사이클로피디아와 링크 씨는 창문에서 눈을 떼야 했어요. 링크 부인이 들어왔기 때문이었지요.

"점심 드세요."

"잠깐만요, 여보. 잠깐만!"

링크 씨가 말했어요.

링크 씨와 인사이클로피디아가 다시 창밖을 보았을 때는 레드가 희희낙락한 얼굴로 돌아서고 있었어요.

'놓쳤다!'

인사이클로피디아는 퍼뜩 그런 생각이 들었어요.

링크 씨가 집 밖으로 달려 나가며 소리쳤어요.

"잠깐 기다려라, 얘야!"

레드가 가던 걸음을 멈추고 불안한 표정으로 돌아섰어요.

"방금 이 아이한테서 돈을 가져간 거냐?"

링크 씨가 물었어요.

"아무것도 안 가져갔는데요. 그냥 돈을 바꿨어요."

레드가 대꾸했어요.

"그럼 네가 받은 돈을 좀 보자꾸나."

링크 씨가 말했어요.

레드가 두 눈을 부릅떴어요.

"아저씨께 어떤 것도 보여 드리거나 말씀드릴 까닭이 없어요. 아저씨는 경찰이 아니잖아요. 제게도 권리가 있다고요!"

"돈을 바꿨다면 형이 준 돈이 나한테 있어야 할 텐데 나한테는 1센트도 없는걸?"

헥터가 주머니를 뒤집어 보이며 말했어요.

레드가 헥터 근처의 도로 배수로를 가리키며 말했어요.

"내가 준 돈을 칠칠치 못하게 몽땅 배수로에 떨어뜨렸잖아, 기억 안 나?"

링크 씨가 걱정스런 얼굴로 인사이클로피디아를 돌아다 보았어요.

"아내가 들어와 우리 둘이 잠깐 한눈파는 사이에 그랬을 수도 있지 않겠니? 강제로 몸수색을 한다면 몰라도 레드가 7달러 19센트를 뺏어간 걸 증명할 방법이 없네."

"아니에요, 할 수 있어요!"

소년 탐정이 말했어요.

어떻게 증명할 수 있었을까요?　　73쪽에 해결이 있어요.

물레방아가 회전하는 이유는 무엇인가요?

물레방아의 과학

우리 조상들은 아주 오래전부터 곡식을 빻는 도구로 물레방아를 사용해 왔습니다. 지금은 우리 주위에서 많이 사라져서 보기가 어려워졌지만 물레방아에는 여러 가지 과학적인 원리가 숨겨져 있습니다.

먼저 물레방아의 구조에 대하여 살펴봅시다.

물레방아는 물레바퀴와 돌아가는 굴대에 공이를 장치하여 물이 물레바퀴를 돌리면 공이가 들어 올려졌다가 떨어지면서 곡식을 찧거나 빻을 수 있는 구조로 되어 있습니다.

따라서 방아채와 공이의 동작이 물에 의하여 자동으로 움직이기 때문에 사람이 없어도 자동으로 움직이는 것이 가능한 구조로 만들어졌습니다.

물레방아 중에는 공이 두 개가 양쪽으로 물려 있어 엇갈려서 찧을 수 있는 것도 있습니다.

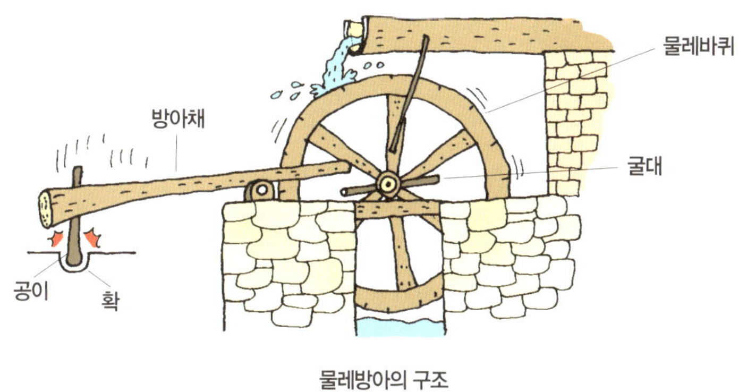

그럼 물레방아 속에는 어떤 과학적인 원리가 숨어 있을까요?

물레방아가 움직이는 과정을 살펴보면 물이 떨어지는 높이가 높을수록 물레바퀴가 빨리 돌게 됩니다. 물레바퀴를 돌리는 물이 위치가 높을수록 큰 에너지를 갖기 때문이지요.

물의 양(질량)이 많을수록 큰 힘을 주므로 물레바퀴를 더 빨리 돌릴 수 있습니다. 그리고 물을 아래로 잡아당기는 힘(중력)이 강할수록 물이 빨리 떨어지므로 물레바퀴 역시 빨리 돌게 됩니다.

그 밖에도 물레바퀴의 크기를 작게 하여 물레바퀴 축의 회전이 잘 되도록 마찰력을 줄이는 것도 물레바퀴를 빠르게 돌리는 방법이지요.

이처럼 물이 떨어지는 높이가 높을수록, 양이 많을수록, 지구가 물을 잡아당기는 중력이 클수록 물이 갖고 있는 에너지가 커지게 되는데 이를 위치에너지라고 합니다.

이 위치에너지가 물레바퀴를 돌리는 운동에너지로 바뀌어 물레바

퀴의 회전 운동을 조절하는 것이지요.

이처럼 아주 오래전부터 우리 조상들이 사용했던 물레방아에는 에너지의 변환이라는 과학 원리가 숨어 있습니다.

지금은 과거의 추억 속에서 남아 있지만 물레방아는 분명 우리와 친숙한 것입니다. 혹시 여러분이 시골에서 물레방아를 보는 경우가 있다면 그 속에 숨어 있는 원리를 찾아보도록 하세요.

정답

물레방아는 물의 힘에 의하여 회전하면서 곡식을 찧는 방아를 말합니다. 이 물레바퀴가 회전하는 이유는 물이 지속적으로 떨어지면서 물레바퀴를 치면서 돌리기 때문이지요. 만약 물레바퀴를 더욱 빠르게 회전시키기 위해서는 떨어지는 물의 양을 많게 하면 됩니다. 또, 물레바퀴의 크기를 작게 하거나 물레바퀴의 축이 잘 회전되도록 조절하면 되지요. 이렇게 물레방아에는 과학적인 원리가 숨어 있답니다.

돈 바꾸기 속임수 편

레드는 링크 씨가 강제로 자신의 몸수색을 하지 못할 것을 알고 있었다. 그래서 자신이 얼마만큼의 돈을 바꾸자고 해서 받았는지 말할 필요가 없었다. 하지만 레드가 실수한 것이 하나 있었다. 돈을 바꿨다는 걸 인정한 점이다.

그런데 인사이클로피디아는 헥터에게 잔돈을 바꿔 줄 수 없도록 돈을 주었다. 5달러 지폐 1장, 1달러 지폐 1장, 50센트 동전 1개, 쿼터(25센트 동전) 1개, 다임(10센트 동전) 4개, 페니(1센트 동전) 4개로 된 7달러 19센트는 어떤 동전이나 지폐와도 바꿀 수 없는 구성이다.

인사이클로피디아의 꾀에 넘어간 레드는 7달러 19센트를 돌려주었다. 그리고 아이들에게 돈을 뺏는 일도 그만두었다.

　인사이클로피디아는 샐리 집에서 저녁을 먹은 후 거실에 앉아 있었어요. 갑자기 샐리가 소년 탐정의 팔을 움켜잡았어요.

　"가만, 들어 봐. 누군가 밖에 있어."

　인사이클로피디아도 소리를 들었던 터라 밖을 내다보았어요. 밖은 캄캄하고 안은 밝았기 때문에 유리창은 거울처럼 거실 풍경만 비춰 보여 주었어요.

　"엿보고 다니는 사람일 거야. 내가 버릇을 고쳐 놓겠어."

　샐리가 무거운 거실 램프를 집어 들려고 했어요.

　"그러지 마. 위험한 사람일 수도 있어. 책꽂이로 가는 척하면서 문을 지나쳐 가다가 전등 스위치를 꺼."

인사이클로피디아가 말했어요.

샐리는 언뜻 이해가 안 되었지만 소년 탐정이 시키는 대로 했어요. 그러자 달빛이 비치는 바깥보다 실내가 더 어두워지면서 창밖 모습이 보였어요. 단풍나무 아래에 어떤 남자아이가 서 있었어요. 아이는 카메라를 들고 있었어요.

"스코트 커티스잖아."

인사이클로피디아가 창문을 열었어요.

"하마터면 램프로 칠 뻔했잖아!"

샐리가 안도의 숨을 쉬며 말했어요.

"스코트, 그렇게 단풍나무 아래에서 기웃거리고 있으면 심한 두통을 앓는다. 안으로 들어와."

인사이클로피디아가 말했어요.

"기웃거리지 않았어."

스코트가 집 안으로 들어오며 말했어요.

"너희 둘이 소파에 앉아 있는 것을 봤는데, 사진을 찍으면 잘 나올 것 같았어. 제목은 '샐리네 집에서의 휴식'으로 할 거야."

"샐리네 집 엿보기겠지."

샐리가 스코트의 말을 끊었어요.

"카메라를 들고 뒤뜰에서 뭘 한 거야?"

"사진 찍을 거리를 찾고 있었어. 수요일에 어린이 사진 대회가 열려. 우승자는 3단 기어 자전거를 상으로 받아."

"이런, 깜박 잊고 있었네. 미안해. 내가 했던 말은 잊어버려. 자전거를 상으로 받길 바랄게."

샐리가 사과를 했어요.

"기껏 해 봤자 난 숙녀용 접이 우산이나 받을걸? 2등상이지. 자전거는 윈드롭 레드버터가 받을 거야."

스코트가 잔뜩 풀이 죽은 채 말했어요.

"윈드롭은 항상 우승하더라."

샐리가 투덜거리듯 말했어요.

"무슨 수를 써서라도 이기잖아."

스코트가 거들었어요.

"이 근방의 아이들은 다 알아. 작년에 테니스, 골프, 사격 대회에서 윈드롭이 어떻게 소년부 우승자가 되었는지! 죄다 속임수를 썼잖아."

샐리가 말했어요.

“알고도 알리지 않은 게 쓸쓸해.”

기억을 떠올리며 인사이클로피디아가 말했어요.

참가한 경기에서 윈드롭이 지고 있으면 윈드롭의 친구 하나가 나타나 수를 썼어요. 그 친구는 윈드롭의 상대가 서브를 하거나 공을 치거나 사격을 하는 그 순간에 숨어서 큰 소리로 새소리를 냈어요.

“테니스장과 사격장에서는 뻐꾸기, 골프장에서는 참매였어. 나름대로 방법이 있더라니까.”

인사이클로피디아가 말했어요.

“윈드롭은 이기기 위해서라면 어떤 짓도 할 거야. 네 도움을 받고 싶어. 수요일에 윈드롭을 감시해 줘.”

스코트가 말했어요.

“그 새를 감시해 달라는 말이구나? 알았어.”

인사이클로피디아가 사건을 맡았어요.

수요일, 인사이클로피디아와 샐리는 자전거를 타고 마을 회관으로 갔어요. 마을 회관 벽에는 아이다빌의 어린 사진작가들이 찍은 사진들이 걸려 있었어요.

스코트의 사진은 모두 네 작품이 걸려 있었어요. 인사이클로피디아가 스코트의 사진을 보며 감탄을 하고 있는데, 샐리가 소매를 잡아끌었어요.

"윈드롭은 사진을 한 작품만 냈는데 정말 대단해. 직접 봐!"

윈드롭의 사진을 보면서 인사이클로피디아는 말도 못하고 두 눈만 깜박거렸어요.

크리스마스 양초에 불을 붙이고 있는 십대 소녀의 사진이었어요. 촛불 옆에는 탁자용 램프 불빛 아래 선물 더미가 놓여 있었어요.

그런데 사진에서 눈을 못 떼게 하는 것은 두 번째 인물이었어요. 소녀 뒤의 커다란 창문 밖에서 떨어지고 있는 것처럼 보이는 여자였어요.

사진의 제목은 '크리스마스의 기적'이라고 붙어 있었어요. 제목 옆에는 하얀 카드가 핀으로 꽂혀 있었고, 카드에는 다음과 같은 글이 적혀 있었어요.

이 사진은 12월 16일 밤 9시 30분, 윈드롭 레드버터(11세)가 집 거실에서 찍은 것입니다. 누나 매리의 모습을 찍는 그 순간 아비가일 그리어 양이 위층에서 떨어져 내렸습니다. 그리고 그 모습

사진에
이상한 점이 있어.

은 레드버터 가족이 크리스마스카드를 만들려고 찍은 사진의 놀라운 배경이 되었습니다. 나중에 그리어 양은 시속 40마일에 이르는 폭풍에 그만 발을 헛딛었노라고 했습니다. 하지만 그리어 양은 기적같이 차양 위로 떨어져 다리만 부러졌습니다.
사진은 크라운 카메라로 플래시를 터뜨려 찍었습니다.

인사이클로피디아가 천천히 입을 열었어요.
"사진에 이상한 점이 있어."
"그게 뭔지 찾아봐. 서둘러, 심사 위원들이 오고 있어."
샐리가 말했어요.
심사 위원 세 사람이 윈드롭의 사진 쪽으로 오고 있었어요. 그중 한 사람은 우승 작품에 붙일 파란 리본을 들고 있었어요.
"윈드롭의 사진이 우승을 차지할 건가 봐! 아, 자전거도 윈드롭의 차지겠지? 인사이클로피디아! 이 사진, 가짜라고 말해 줘. 가짜지, 그렇지?"
샐리가 다급하게 말했어요.
인사이클로피디아는 샐리의 말을 듣고 있지 않는 것 같았어요. 그저 사진을 뚫어져라 바라보고 있었어요. 그러더니 갑자기 빙그레 웃었어요.

"그래, 가짜야. 확실해. 정말 기적이 아니고서는 윈드롭이 저런 사진을 찍을 수는 없어."

인사이클로피디아가 말했어요.

인사이클로피디아는 사진이 가짜인 것을 어떻게 알았을까요?

◑ 85쪽에 해결이 있어요.

카메라의 구조와 원리는 무엇인가요?

카메라의 과학

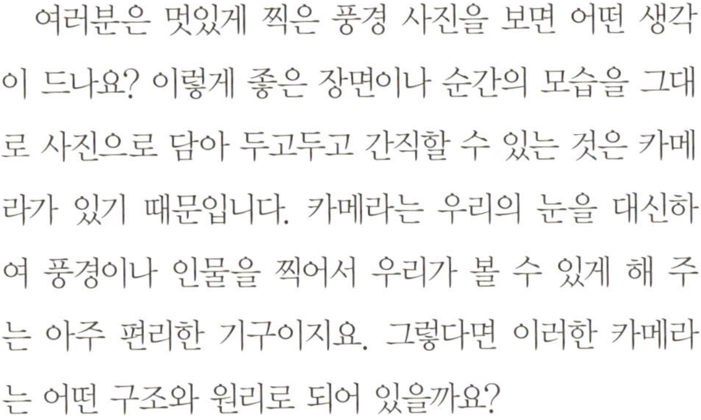

단풍나무 아래에 어떤 남자아이가 서 있었어요. 아이는 카메라를 들고 있었어요.

여러분은 멋있게 찍은 풍경 사진을 보면 어떤 생각이 드나요? 이렇게 좋은 장면이나 순간의 모습을 그대로 사진으로 담아 두고두고 간직할 수 있는 것은 카메라가 있기 때문입니다. 카메라는 우리의 눈을 대신하여 풍경이나 인물을 찍어서 우리가 볼 수 있게 해 주는 아주 편리한 기구이지요. 그렇다면 이러한 카메라는 어떤 구조와 원리로 되어 있을까요?

먼저 카메라의 구조를 살펴봅시다. 일반적인 카메라의 구조는 렌즈, 조리개, 스크린, 파인더, 셔터, 필름, 펜타프리즘 등으로 구성되어 있습니다.

렌즈는 카메라의 눈 역할을 하는 부분으로 빛이 들어오는 부분이고, 조리개는 렌즈에 빛이 들어올 때 한 번에 들어오는 빛의 양을 조절하는 부분입니다. 스크린은 촬영하는 영상이 사용자가 눈으로 볼 수 있도록

상이 맺히는 부분이고, 파인더는 사진을 찍을 때 사용자가 눈을 대고 찍는 부분이지요. 셔터는 사진을 찍을 때 누르는 부분이고, 필름은 찍은 사진을 저장하는 매개체를 말합니다. 펜타프리즘은 여러 개의 거울로 되어 있으며 렌즈를 통하여 거꾸로 들어오는 영상을 바로 잡아 주는 역할을 하지요. 이처럼 카메라는 복잡한 구조를 가지고 있습니다.

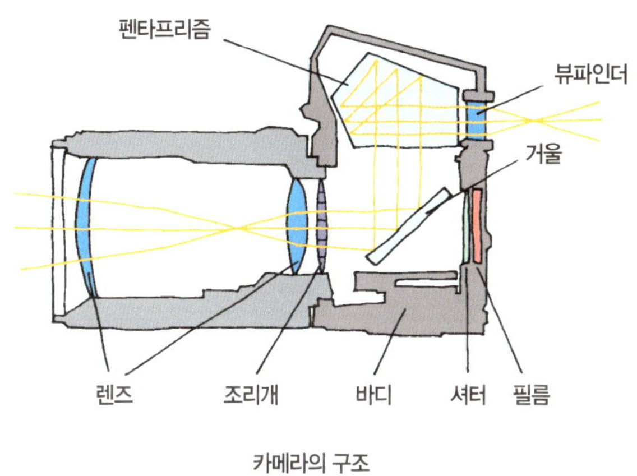

카메라의 구조

이번에는 카메라의 역할과 우리 눈과 비교를 해 봅시다. 카메라는 우리 눈의 구조와 아주 비슷하게 만들어져 있습니다.

각 구조들을 비교해 보면 카메라의 렌즈가 빛의 굴절을 조절하므로 눈의 수정체와 같은 역할을 하고, 카메라의 조리개는 빛의 양을 조절하므로 눈의 홍채와 같은 역할을 하지요. 카메라의 필름에는 상이 맺히므로 눈의 망막과 같은 역할을 하고, 카메라의 셔터는 빛을 차단하

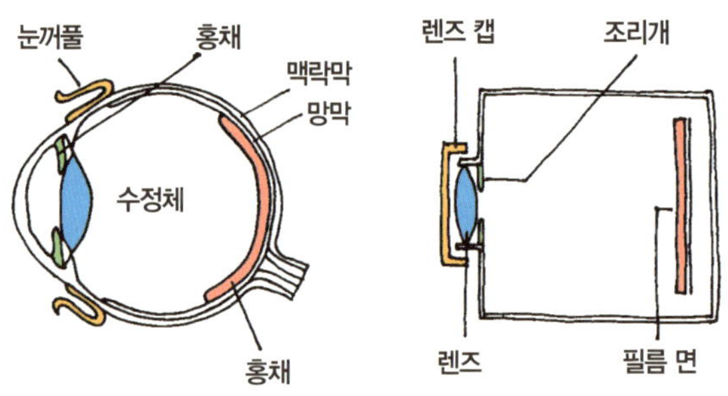

눈과 카메라의 비교

므로 눈의 눈꺼풀과 같은 역할을 하고 있습니다.

하지만 물체를 볼 때 카메라는 렌즈와 필름 사이의 거리를 조절하여 초점을 맞추지만 우리 눈은 수정체의 두께를 조절하여 초점을 맞추는 것이 다르다고 할 수 있지요.

최근에는 여러 가지 기능을 추가한 고성능 카메라들이 등장하고 있어 앞으로 더욱 선명한 사진들을 촬영하는 것이 가능할 것입니다. 하지만 사진을 찍는 카메라의 기본 원리는 모두 같답니다.

정답

카메라는 우리가 원하는 곳의 멋진 장면을 찍어 오래 간직할 수 있게 해 주는 기구입니다. 이러한 카메라는 보통 우리의 눈과 비슷한 구조로 되어 있습니다. 각 구조를 비교해 보면 카메라의 렌즈는 수정체, 홍채는 조리개, 망막은 필름, 눈꺼풀은 셔터의 역할을 하고 있답니다.

수상한 사진 대회 편

시속 40마일의 바람이라면 성냥불이나 촛불도 꺼졌을 것이다. 그런데 사진의 촛불이 타고 있는 것으로 보아 윈드롭 누나의 뒤에 있는 커다란 창문은 닫혀 있었던 것이 분명하다. 거기에, 실내는 탁자용 램프가 켜져 있었고 사진을 찍는 순간 카메라 플래시도 터졌다. 반면에 바깥은 캄캄했다. 따라서 창문에는 거울처럼, 바깥의 모습이 아니라 실내의 모습이 비쳤어야 했다. 그런데도 창밖으로 떨어지는 여자의 모습이 보이는 것은 불가능한 일이다!

윈드롭은 사진을 합성한 것을 시인했다. 그래서 1등 우승 상인 자전거는 스코트의 차지가 되었다.

보트에 실린 사건의 진실

“낚시 갈 준비 다 됐니, 아들?”

브라운 경찰서장이 말했어요.

“준비 다 됐어요.”

인사이클로피디아가 낚싯대를 들어 보이며 말했어요.

대답을 하면서 미소는 지었지만 인사이클로피디아는 마냥 흥겨운 기분이 아니었어요. 아빠가 점심 도시락 가방에 권총을 집어넣는 걸 보았기 때문이었어요. 궁금함을 참을 수 없었던 인사이클로피디아는 결국 부두로 가는 자동차 안에서 마음에 담아 두었던 질문을 했지요.

“아빠, 진짜 낚시 가는 게 맞나요?”

"그럼, 왜 그렇게 묻는 거니?"

브라운 경찰서장이 말했어요.

"총을 가져가시잖아요."

"아, 총! 그걸 봤니? 그럴 일은 없을 거다만, 만약을 대비해 가져가는 거야."

"어떤 경우 말이에요?"

"나흘 전, 섬에서 발생한 강도 사건 기억하니?"

"두 명의 무장 강도가 유명한 백만장자의 집을 털었던 사건이요? 강도들은 30만 달러어치의 보석과 모피를 들고 도망쳤잖아요?"

"그래, 그 강도들은 보트를 타고 도망쳤지."

"4일이나 지났잖아요. 설마, 강도들이 아직까지 바다에 있을 거라고 생각하시는 건 아니지요?"

인사이클로피디아가 물었어요.

"그럴 수도 있지. 강도들이 도망치던 무렵 폭풍이 불었다. 비는 1시간 정도 쏟아지고 그쳤지만 바람은 오늘 오전까지도 거세게 불었잖니."

"강도들이 탄 보트가 바람에 바다로 떠밀려 나갔다고 생각하시는 거예요?”

“아직 바다에 있을 수도 있어. 연료가 떨어져 표류하고 있을지도 모르지. 하지만 만약의 상황이니까 그건 잊고 우리는 낚시나 생각하자꾸나.”

부두에 도착하자 브라운 경찰서장이 보트 엔진에 시동을 걸며 말했어요.

“르로이, 밧줄을 풀어라.”

인사이클로피디아가 밧줄을 풀었어요. 보트는 모터가 배 밖에 달린 6미터 길이의 배였어요.

배는 잔잔한 물살을 가르고 매끄럽게 나아갔어요. 드넓은 바다로 나오자 브라운 경찰서장은 더욱 속도를 높였어요. 해안이 점점 멀어져 가는 것을 보면서 인사이클로피디아는 강도들 생각이 났어요.

‘바다에서 그 강도들을 만나면 어떻게 하지? 강도들은 무장을 했는데⋯⋯. 해적처럼 보트를 뺏으려 들지도 몰라. 아니면 훔친 보석이나 모피를 바다에 버리고 범행 사실을 숨긴 채 평범한 어부라고 속일지도 모르지.’

신문 기사에 따르면 두 무장 강도는 복면을 했다고 했어요.

그래서 둘의 얼굴은 아무도 못 보았다고 했어요. 어두웠기 때문에 강도들이 탄 보트도 어떻게 생겼는지 알 수 없었지요.

브라운 경찰서장이 속도를 점점 줄였어요. 그리고 아들에게 낚싯대를 건넸어요.

"자, 운을 한번 시험해 볼까?"

물고기들이 미끼를 물기 시작했어요. 두 부자가 물고기를 10마리 정도 건져 올렸을 때였어요. 브라운 경찰서장이 갑자기 낚싯대를 한쪽으로 내려놓았어요. 그리고 망원경으로 멀리 떨어진 빨간색 보트를 한참 동안 지켜보았어요. 그러더니 무선 통신기로 해안 경비대를 불렀어요.

40분이 안 되어 해안 경비대의 감시선이 다가왔어요. 감시선의 앞 갑판에는 커다란 총이 설치되어 있었어요.

브라운 경찰서장이 감시선 선장과 인사를 나누었어요.

"제가 보기에는 저 보트가 그동안 찾고 있던 배 같습니다."

빨간색 보트를 가리키며 브라운 경찰서장이 말했어요.

"제가 가까이 가 봤으면 좋겠는데 아들이 함께 있어서요."

"닻을 내리고 이쪽 배로 옮겨 타십시오. 만일 총격이 있게 되더라도 이 배가 더 안전할 겁니다."

선장이 말했어요.

브라운 경찰서장이 닻을 내리자 인사이클로피디아는 아빠를 따라 감시선으로 옮겨 탔어요. 선장이 큰 소리로 명령을 내렸어요. 감시선이 빨간색 작은 보트를 향해 나갔어요.

처음에는 빨간색 보트가 빈 배처럼 보였어요. 그러다가 인

사이클로피디아의 눈에 한 사람이 들어왔어요. 그 사람은 작은 선실에서 나와 손을 흔들어 댔어요.

감시선이 보트 옆으로 다가갔어요. 줄사다리가 걸쳐지자 그 사람이 힘없이 줄사다리를 붙잡았어요. 세 명의 해안 경비대원이 그 사람이 배에 옮겨 타도록 도왔지요.

“하늘이 도왔네요!”

감시선의 갑판으로 올라온 그 사람은 숨을 몰아쉬며 인사를 했어요. 모자를 벗어든 그 사람은 손수건으로 벗겨진 머리와 얼굴의 굵은 땀방울을 닦았어요.

“물 좀 주세요, 물!”

물을 건네주자 그 사람은 목이 몹시 마른 듯 꿀꺽꿀꺽 마셔댔어요.

“내 이름은 로저 애스코트입니다.”

그 사람이 한숨 돌린 후 마침내 이야기를 했어요.

“벤 페이지와 함께 낚시를 나왔다가 폭풍을 만났어요. 파도가 엄청났어요. 무선 통신기는 먹통이 되었고, 연료통에 바닷물까지 들어가는 바람에 엔진도 고장이 나 버렸어요.”

다시 한 번 그 사람은 손수건으로 머리와 얼굴의 땀방울을 닦았어요.

“음식과 물 없이 나흘 동안 표류했어요. 상자에 음식이 좀 있었는데 낚시 도구들과 함께 물에 휩쓸려 갔어요. 벤은 탈수증으로 어제부터 의식이 없어요. 지금 선실에 있어요.”

곧바로 해안 경비대원들이 작은 보트로 내려가 벤 페이지를 데려왔어요. 벤과 로저는 감시선의 선실로 옮겨졌어요.

브라운 경찰서장이 줄사다리를 타고 빨간색 보트로 내려갔어요. 그리고 꼼꼼하게 보트를 살펴보았어요.

"연료 통에 물이 들어갔군. 무선 통신기는 먹통이고……. 음식이나 물도 안 보이는데?"

브라운 경찰서장이 말했어요.

"좋은요? 그리고 훔친 보석이랑 모피는요?"

인사이클로피디아가 물었어요.

"보트는 깨끗해. 내가 잘못 생각했나 보다. 저 두 사람은 강도들 같지가 않구나."

브라운 경찰서장이 말했어요.

"로저 애스코트의 말을 믿지 마세요. 그 사람 말이 거짓말이라고 얼굴에 나타나 있어요."

인사이클로피디아가 말했어요.

인사이클로피디아는 왜 그렇게 말했을까요?

◎ 97쪽에 해결이 있어요.

폭풍의 기준은 무엇인가요?

폭풍과 풍력 계급

폭풍은 바람의 강도를 표시하는 풍력 계급이 11정도인 몹시 세게 부는 바람을 말합니다. 폭풍은 바람의 속도가 1초당 28.5m 이상 32.6m 이하로 부는 경우를 말하며 부풍, 퇴풍, 왕바람이라고도 부릅니다.

폭풍은 일반적으로 소나기와 폭설, 뇌우 강풍 등을 동반하는 경우가 많아 반드시 주의해야 합니다. 특히 바다에서 폭풍이 부는 경우에는 항해하는 배들은 가까운 항구로 대피해야 사고를 예방할 수 있습니다.

그렇다면 바람의 강도를 정하는 풍력 계급은 어떻게 정해지는 것일까요?

풍력 계급은 0에서 12까지 전부 13개의 기준으로 정해지며 보통 숫자가 커질수록 바람이 강해집니다.

보통 0은 고요(calm), 1은 실바람(light air), 2는 남실바람(slight breeze), 3은 산들바람(gentle breeze), 4는 건들바람(moderate breeze), 5는 흔들바람(fresh breeze), 6은 된바람(strong breeze), 7은 센바람(moderate gale), 8은 큰바람(fresh gale), 9는 큰센바람(strong gale), 10은 노대바람(whole gale), 11은 왕바람(storm), 12는 싹쓸바람(hurricane)이라고 하지요.

여기에서 폭풍 주의보의 발표 기준이 되는 풍속은 풍력 계급 7(13.9~17.1m/s) 이상일 때이며, 폭

0_ 고요
calm

1_ 실바람
light air

2_ 남실바람
slight breeze

3_ 산들바람
gentle breeze

4_ 건들바람
moderate breeze

5_ 흔들바람
fresh breeze

6_ 된바람
strong breeze

7_ 센바람
moderate gale

8_ 큰바람
fresh gale

9_ 큰센바람
strong gale

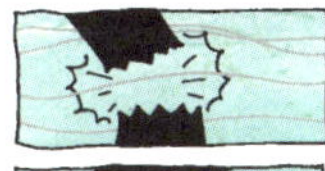
10_ 노대바람
whole gale

11_ 왕바람
storm

12_ 싹쓸바람
hurricane

풍력 계급

풍 경보는 풍력 계급 9(20.8~24.4m/s) 이상일 때입니다.

사건을 해결하는 데 도움을 준 과학 지식은 무엇일까요?

사람은 물을 마시지 않고 살 수 없습니다. 여기에서 로저와 벤은 4일 동안이나 물을 마시지 않고 배에서 지냈다고 했습니다. 4일 동안 물 없이 지냈다면 탈수 증상으로 몸밖으로 땀이 나기 어려운 상황이지요. 따라서 그들은 범행 사실을 속이기 위하여 거짓 행동을 한 것입니다.

정답

우리가 뉴스의 일기예보에서 해상에 폭풍이 분다는 말을 종종 들은 적이 있을 것입니다. 그렇다면 폭풍이라는 기준은 무엇일까요? 폭풍은 보통 바람의 강도를 표시하는 계급인 풍력 계급이 11정도인(28.5~32.6m/s) 몹시 세게 부는 바람을 말합니다. 폭풍은 대개 비와 함께 쏟아지는 것이 일반적이지요. 바다에서는 폭풍에 의하여 파도가 아주 높아지므로 그곳을 지나가는 배들은 반드시 유의해야 합니다.

보트에 실린 사건의 진실 편

　　로저 애스코트는 동료와 함께 나흘간이나 물 없이 지냈다고 했다. 하지만 감시선 위로 올라왔을 때 실수를 하나 했고, 인사이클로피디아는 그걸 놓치지 않았다. 그 실수는 로저가 머리와 얼굴의 땀방울을 닦은 것이었다. 4일 동안 물을 못 마시면 탈수가 되어 땀이 나지 않는다!

　　로저는 꼼짝없이 사실대로 털어놓았다. 해안 감시선을 보자 두 강도는 훔친 보석과 모피, 총 할 것 없이 배 위의 모든 것을 버렸다. 폭풍을 만나 고립된 낚시꾼으로 꾸미기 위해 음식과 물까지도 버렸다. 그런 다음 탈수와 허기로 기진맥진한 흉내를 냈던 것이다.

“난 절대로 면도를 하지 않을 거야.”

인사이클로피디아는 읽고 있던 책에서 눈을 들었어요. 사설 탐정소 입구에 여섯 살 된 브라이언 호톤이 서 있었어요.

“절대로 면도를 하지 않을 거라고?”

인사이클로피디아가 짐짓 심각한 척하며 되물었어요.

“하지만 해야 할걸? 이담에 네 턱에 수염이 자라기 시작하면 깎아야만 할 텐데?”

“면도는 시간이 너무 많이 걸린단 말이야. 난 이다음에 단정하게 사진을 찍어야 할 때면 수염을 그냥 떼어 낼 거야.”

브라이언이 말했어요.

“후유, 엄청 아플 텐데!”

인사이클로피디아가 말했어요.

브라이언이 놀란 듯 눈이 동그래졌어요.

“수염을 떼면 아파?”

“아프고말고.”

인사이클로피디아가 말했어요.

“그 남자는 하나도 안 아파했어. 웃고 있었는걸?”

브라이언이 말했어요.

“누구 말이야?”

인사이클로피디아가 물었어요.

“수염을 떼고 사진 찍은 남자 말이야. 무슨 탐정이 이래?”

브라이언이 답답하다는 듯 말했어요.

인사이클로피디아는 여섯 살 꼬마와 이야기하는 게 쉽지만
은 않다고 생각했어요. 그래서 다시 물었어요.

“도움이 필요해서 온 거니?”

“그러면 내가 그냥 놀러 왔겠어?”

브라이언이 말했어요.

“우체국 벽에 붙어 있는 남자의 사진 밑에 있는 글씨들을

읽어 줘. 굉장히 유명한 사람인가 봐.”

“유명한 사람? 그 사람은 수배범이야. 위험한 범죄자들 사진을 우체국 벽에 붙여 놓거든!”

인사이클로피디아는 조금 기가 막혔지만 친절하게 설명해 주었어요.

인사이클로피디아가 자전거를 꺼내 왔어요. 브라이언을 자전거에 태우고 우체국으로 내달렸어요.

“그 남자가 수염을 떼어 내는 것을 본 후 엄마를 따라 소포를 붙이려고 우체국에 갔어.”

브라이언이 말했어요.

“내가 스탬프 찍는 기계로 장난을 치는 바람에 엄마가 몹시 화가 나서 벌로 나를 저기에 세워 놓으셨어.”

브라이언은 우체국 벽에 있는 광고판을 가리켰어요. 광고판 한쪽에는 포스터들이 덕지덕지 붙어 있었어요.

“저 남자야. 제일 위에 있는 남자.”

브라이언이 말했어요.

말끔히 면도를 한 어떤 젊은이의 사진이 두 장 붙어 있었어요. 한 장은 얼굴을 정면으로 찍은 사진이었고, 다른 한 장은 얼굴 옆모습을 찍은 것이었지요. 그 아래에는 굵은 글씨로 '무장 강도 수배범'이라고 적혀 있었어요.

인사이클로피디아는 더 읽어 내려갔어요.

"이름 윌리엄 매트슨, 별명은 빌리, 빌, 꼬마."

그 아래로는 더 작은 글씨로 매트슨이 저지른 범죄 기록들이 길게 적혀 있었어요.

"와! 이건 아빠가 맡으셔야 할 사건이네."

인사이클로피디아는 곧바로 브라운 경찰서장한테 전화를 했어요. 그러고 나서 브라이언에게 몇 가지를 더 물었어요.

그 결과 브라이언이 지금 살고 있는 곳은 해변 모텔이라는 걸 알았어요. 브라이언의 아빠가 사들인 지 얼마 안 되는 모텔이었어요.

브라이언이 수배범을 본 날 아침, 윌리엄 매트슨은 자동차에 올라타 수염을 떼어 낸 후 차를 몰고 사라졌어요.

"그 사람은 사진을 찍으려고 수염을 뗀 게 아니야. 이 사진들은 3년 전에 찍은 거야. 자, 봐. 저기에 날짜가 써 있지? 그 수염은 아무도 자신을 못 알아보게 하려고 단 가짜 수염이야."

BEA
MO
?

브라운 경찰서장이 우체국에 도착하자 인사이클로피디아는 브라이언에게 알아낸 사실들을 알려 주었어요.

"매트슨은 브라이언을 보지 못했던 게 분명해. 그렇지 않았 다면 수염을 떼어 내는 그런 멍청한 짓은 하지 않았을 거야. 아마 간지러웠겠지. 그래서 빨리 떼어 냈을 거다."

브라이언 서장이 말했어요.

"매트슨이 모텔로 다시 돌아올까요?"

인사이클로피디아가 물었어요.

"그럴 가능성은 별로 없어. 하지만 그가 묵었던 방을 조사 하면 다음 목적지에 대한 단서가 남아 있을지도 모르지."

브라운 경찰서장이 말했어요.

브라운 경찰서장이 순찰차를 몰고 떠난 후, 인사이클로피디 아는 저녁이 되어서야 아빠를 다시 볼 수 있었어요.

브라운 경찰서장은 수프를 먹고서야 사건에 대한 이야기를 꺼냈어요.

"윌리엄 매트슨은 해변 모텔에서 빌 마틴이라는 이름으로 일주일을 묵었더구나. 숙박비를 치른 후 차를 몰고 공항으 로 갔어."

"그걸 어떻게 알아내셨어요, 아빠?"

"브라이언의 아빠는 모텔에 묵는 사람들의 자동차 번호판을 모두 적어 놓는단다. 매트슨의 자동차 번호판은 이(E)로 시작되더구나. 그건 빌려 주는 자동차 번호판에 붙이는 글자란다. 우린 매트슨이 이지 카 대여 회사의 공항 지점에 자동차를 반납했다는 걸 알아냈지."

"매트슨이 비행기를 탔나요?"

"그럴 가능성이 높지. 그런데 매트슨은 매번 이름을 바꿔 쓰기 때문에 추적하기가 쉽지 않단다."

브라운 경찰서장은 잠시 말을 끊고 윗옷 주머니에서 종이 한 장을 꺼냈어요.

"매트슨이 묵던 방에서 이걸 찾아냈단다. 방에 있던 메모지에 몇 가지를 적었는데 자국이 밑에 남는다는 것을 깜박한 거지. 무얼 적었는지 우리가 알아냈단다."

브라운 경찰서장이 그 종이를 인사이클로피디아에게 건네주었어요. 종이에는 '모스크바, 오데사, 런던, 파리, 팔레스타인, 아테네'라고 적혀 있었어요.

"매트슨은 보석 강도 사건에 연루되어 있단다. 훔친 보석들을 옮기기에 안전하다고 여겨질 때까지 우리 아이다빌 시에 숨어 있었던 게 분명해. 종이에 적힌 지역들은 그 보석들을 팔아 치울 후보지 명단인 것 같다."

브라운 부인이 종이를 들더니 오랫동안 들여다보았어요.

"좀 이상해요. 모스크바와 오데사, 이 두 곳은 러시아에 있는 도시들이에요. 런던은 영국에 있고, 파리는 프랑스에 있고, 아테네는 그리스에 있어요. 하지만 팔레스타인에서는 어떤 도시 이름도 적지 않았잖아요?"

"나도 그게 이상해서 워싱턴으로 전화를 넣기 전에 르로이한테 좀 보라고 가져왔다오. 에프비아이가 그 도시들로 가는 모든 비행기를 확인할 텐데 헛수고를 시킬 순 없잖소."

인사이클로피디아가 두 눈을 감았어요. 골똘히 생각을 하는 것이지요.

"매트슨은 결코 외국으로 나가지 않았어요. 그 사람이 간 곳은……."

매트슨이 간 곳은 어디일까요?　　◐ 109쪽에 해결이 있어요.

종이는 어떻게 만들어지나요?

종이에 대하여

우리가 흔히 보는 각종 책이나 서류, 신문이나 잡지들은 모두 종이로 되어 있습니다. 종이는 여러 단계를 거쳐 생산되고 종류도 다양하지요.

종이는 현재 우리가 주로 사용하는 서양식 종이인 양지와 아주 오래전부터 사용되어 왔던 우리 고유의 종이인 한지로 나눌 수가 있습니다.

한지는 닥나무 껍질을 이용하여 우리 고유의 제조법으로 만든 종이이기 때문에 만드는 방법과 종류가 다양하지 않습니다.

하지만 양지는 만드는 방법에 따라 종류와 쓰임이 다양합니다. 양지의 종류에는 신문용지, 인쇄지, 필기용지, 포장용지 등이 있습니다.

먼저 신문용지는 나무를 겉껍질만 벗겨 내고 그대로 잘게 잘라서 만든 펄프인 쇄목 펄프나 목재나 식물

성 섬유 원료를 수산화나트륨과 황산나트륨으로 처리한 화학 펄프를 표백하여 만든 크라프트 펄프로 주로 만듭니다. 하지만 요즘은 환경 보호 차원에서 폐지를 혼합하여 만드는 경우가 많지요.

신문용지

두 번째로 인쇄용지와 필기용지는 표백을 한 화학 펄프가 사용되는데 이 용지들은 인쇄가 선명하게 되도록 인쇄 잉크를 잘 흡수하고 탄력성과 불투명도를 갖추어야 합니다. 따라서 최고급 인쇄용지에는 인쇄를 높이기 위한 광물질을 바르기도 한답니다.

세 번째로 포장용지는 표백을 하지 않은 크라프트 펄프를 주원료로 만듭니다. 주로 시멘트, 비료, 설탕, 녹말 등과 같은 제품을 포장하는 용지로 사용되지요.

이번에는 종이가 만들어지는 과정에 대하여 살펴보겠습니다. 먼저

인쇄용지

포장용지

나무를 잘게 자른 다음 섬유를 추출하여 펄프를 만듭니다. 그 다음에는 펄프를 약품과 함께 물에 풀어 종이 원료를 준비한 후 기계를 이용해 종이를 떠서 잘 건조한 후 감지요. 그 다음에는 종이 위에 코팅액을 골고루 바르고 코팅한 종이를 다림질하여 표면에 광택을 냅니다. 마지막으로 용도에 따라 종이를 적당히 자르고 재단하여 포장을 하여 출시합니다. 종이는 이런 다양한 과정을 거쳐 우리에게 오는 것이랍니다.

재미있는 과학 상식 : : : 효과적인 면도 방법

사람은 성숙기가 되면 제2차 성징으로 수염이 생깁니다. 특히 남자의 경우에는 턱과 코 밑에 눈에 띄게 수염이 자라나지요. 그렇다면 면도날에 베이지 않으면서 효과적으로 면도하는 방법은 무엇일까요? 면도를 할 때 날을 피부에 직각으로 대는 것이 아니라 비스듬히 대고 피부 윤곽을 따라가면서 면도하는 것이 좋습니다. 이때 피부를 보호할 수 있는 면도 크림을 바르는 것도 좋은 방법입니다.

정답

종이는 크게 양지와 한지로 나누어지는데 대표적인 종이인 양지는 주로 목재 펄프로 만들어집니다. 여러 장의 펄프의 섬유를 여러 겹으로 겹친 후 물기가 있는 상태에서 눌러서 서로 엉겨 붙도록 하여 만들지요. 이렇게 만들어진 후 건조시키면 우리가 사용하는 일반적인 종이가 되는 것입니다.

진짜 수염? 가짜 수염? 편

　　인사이클로피디아는 '팔레스타인'이란 단어가 잘못된 것임을
알았다. 팔레스타인은 '이스라엘'의 옛 이름이므로 매트슨이 그
곳으로 갈 것이었다면 이스라엘이라고 적었을 것이다. 그래서
인사이클로피디아는 그 명단이 처음 생각했던 것처럼 외국의
지명들을 가리키는 것이 아님을 알았다.

　　소년 탐정은 아빠한테 매트슨이 텍사스로 갔다고 말했다. 그
리고 경찰은 텍사스 주에 있는 팔레스타인이라는 작은 마을에
서 매트슨을 체포했다. 인사이클로피디아는 모스크바, 오데사,
런던, 파리, 아테네, 팔레스타인이 모두 텍사스에 있는 작은 마
을 이름들이라는 것을 기억해 냈던 것이다.

화가 난 요리사를 피해라!

인사이클로피디아와 샐리가 아이다빌 시내의 중심가를 걷고 있을 때였어요. 두 사람은 몸집이 아주 작은 해병 한 명이 상점 사이를 왔다 갔다 하며 몰래 숨어 다니는 것을 보았어요. 해병이 점점 가까이 다가와서야 둘은 그 해병이 시세로 스터지스임을 알아보았어요. 시세로는 아이다빌 시에서 유명한 소년 배우였어요.

"시세로가 웬일로 해병 복장을 하고 있담? 배라면 아주 끔찍하게 싫어하면서."

샐리가 말했어요.

인사이클로피디아도 같은 생각이었어요. 작년에 잠수한 모

양의 샌드위치를 먹고 탈이 난 이후로 시세로는 세상의 배란
배는 모조리 저주를 했으니까요.

“아마 새로운 연극을 준비하나 보다. 저 해병 옷은 그 연극
을 위한 의상이겠지.”

생각에 잠겼던 샐리가 말했어요.

“그런데 저 애 행동이 좀 이상하지 않니? 뭔가에 잔뜩 겁먹
은 것 같은데?”

인사이클로피디아가 말했어요.

시세로가 두 탐정과 눈이 마주쳤어요.

시세로는 막 새롭게 옮겨 간 상점의 문 뒤로 재빨리 몸을
숨기고서 탐정들에게 가까이 오라는 손짓을 했어요. 두 탐정
이 가까이 다가가자 시세로가 인사이클로피디아에게 바짝 붙
어 섰어요.

“어떤 미친 주장이 나를 죽이려고 해!”

시세로가 울상이 되어 말했어요.

“주장? 무슨 팀 주장?”

인사이클로피디아가 물었어요.

“그, 그게 내 말은 미친 주방장이 그런다고.”

시세로가 말했어요.

"어떤 요리사가 너한테 잠수함 모양의 샌드위치를 만들어 주기라도 했니?"

샐리가 물었어요.

"아니, 요리사가 무시무시하게 큰 칼을 들고서 날 쫓아왔다니까."

삼총사가 칼을 휘두르는 것처럼 흉내를 내며 시세로가 말했어요.

"이럴 줄 알았으면 세상에 있는 배들을 몽땅 저주하는 게 아니었는데."

시세로가 두 팔을 치켜들고 괴로운 듯 신음 소리를 냈어요.

잠시 심호흡을 한 뒤 시세로가 조금 전 자신이 겪었던 일을 들려주었어요.

간밤에 어마어마한 크기의 군함인 존 애덤스호가 아이다빌 시에 정박하자 시세로는 진짜 해병들이 어떻게 행동하는지 알고 싶어졌어요.

"해군에 대한 연극에 출연할 거거든. 그래서 내가 가진 돈 10달러를 다 털어서, 거리로 나온 해병들을 따라갔어. 대부분이 식당으로 들어가기에 나도 덩달아 오전 내내 햄버거를 먹으면서 그들이 하는 이야기를 들었어. 비피 햄버거 가게에 들어갔을 때는 돈이 거의 다 떨어진 상태였어.”

“아침으로 햄버거를 10달러어치나 먹었단 말이야?”

샐리가 가볍게 비명을 질렀어요.

“내가 돼지야? 3달러는 이 제복을 빌리는 데 들어갔고, 그걸 내 몸에 맞게 줄이느라 4달러하고 조금 더 썼어.”

“비피 햄버거 가게라, 위협적으로 널 쫓아오던 요리사는 거기서 만난 거야?”

인사이클로피디아가 물었어요.

“그래, 따돌린 지 5분도 안 됐어. 햄버거값을 치르고 나니까 단돈 2센트만 남는 거야. 팁도 안 되는 돈이라 민망해서 가만가만 기어 나오는데……”

“기어 나와? 바닥을 기어서 말이야?”

샐리가 물었어요.

“그게 가장 빠른 방법이거든. 자리에서 막 일어서서 돌아서는데 내 바로 뒤에 있던 덩치 큰 해병하고 그만 부딪혔어. 그래서 넘어진 채로 엉금엉금 기어서 나왔어.”

네 버릇을
고쳐 주마!
BUS

“그때 요리사가 너를 잡으려고 왔단 말이야?”

인사이클로피디아가 물었어요.

“아니, 한 블록 정도 걸었는데 뒤에서 요란한 소리가 나서 돌아보았더니 글쎄, 그 요리사가 나를 쫓아오고 있었어. ‘네 버릇을 고쳐 주마!’ 하고 소리를 지르며 칼을 휘두르는데, 무슨 말이 필요하겠어? ‘걸음아 날 살려라’ 하고 냅다 도망 쳤지.”

시세로가 말했어요.

“그 사람은 어떻게 생겼어? 너하고 부딪힌 해병 말이야.”

인사이클로피디아가 물었어요.

“얼굴은 못 봤어. 어쨌든 그 사람이 이 사건과 무슨 상관이 있겠어?”

시세로가 말했어요.

“아직은 모르지. 여기서 기다려.”

인사이클로피디아는 시세로를 그곳에 남겨 둔 채 샐리와 함께 4번가에 있는 비피 햄버거 가게로 갔어요. 가게 안에는 웹 경관이 덩치 큰 해병 한 사람과 요리사와 함께 이야기를 나누고 있었어요.

“딱 맞춰 온 거 같다.”

인사이클로피디아가 말했어요.

“이곳은 난생 처음이에요.”

해병이 웹 경관에게 말했어요.

“정말 억울해요. 난 권총 강도를 시도한 적이 없어요. 오늘 이곳에 돌아다니는 해병만 300명은 될 거예요. 사람을 잘못 본 거라고요.”

“뭘 잘못 봐! 공범도 있으면서. 몸집이 작은 그놈을 진작에 수상쩍다고 알아봤어야 했는데……. 그런 비리비리한 새우 같은 놈이 우리나라의 해군이라니!”

요리사가 소리쳤어요.

“맙소사! 시세로 이야기를 하는가 봐!”

샐리가 소곤거렸어요.

“그 작은 놈, 꼭 애처럼 생긴 그 녀석은 카운터 바로 맞은편인 이곳에 앉아 있었어요. 식당 안이 한산해지자 그 녀석이 일어나 햄버거값을 냈어요. 그런데 행동이 좀 웃겼어요.”

요리사가 말했어요.

“웃겨요?”

웹 경관이 물었어요.

"여기 있는 내내 안절부절못하는 것 같았어요. 가게를 나가려고 돌아서다 여기 있는 이 해군이랑 부딪혀 넘어졌어요. 그 녀석이 기어서 나가는 걸 지켜보고 있는 사이에 이 사람이 총을 빼 들었어요. 둘이서 어떻게 역할을 분담했는지 아시겠지요? 아주 교활해요!"

요리사가 말했어요.

"그래서 당신은 어떻게 했습니까?"

웹 경관이 물었어요.

"이 덩치 큰 사람이 나더러 돈을 있는 대로 다 내놓으라고 했어요. 전 재빨리 카운터 뒤로 몸을 숨겼어요. 이 사람은 공중에 총을 몇 방 쏘더니 겁이 났는지 급히 도망쳤어요."

요리사가 말했어요.

"쫓아가는 동안 이 사람을 줄곧 놓치지 않았나요?"

웹 경관이 다시 물었어요.

"사실 제가 밖으로 쫓아 나갔을 때 먼저 눈에 띈 것은 꼬마같이 작은 녀석이었어요. 그 녀석은 뛰는 게 토끼보다도 빠르더라니까요. 둘이 갈라져 도망치기로 한 것 같았어요. 그래서 급히 되돌아가 덩치 큰 쪽을 찾았지요. 3번가에서 이 자를 발견하자마자 경관님을 소리쳐 부른 거예요.”

요리사가 조금 누그러진 말투로 설명했어요.

“사람을 잘못 본 것이라니까요. 보세요, 경관님. 이곳으로 다시 데려오는 동안 제가 반항하던가요? 안 했잖아요! 제가 총을 갖고 있던가요? 없잖아요! 정말 몇 번이나 말씀을 드려야 아시겠어요? 이 요리사가 사람을 잘못 본 거예요!”

덩치 큰 해병이 항의를 했어요.

“총은 버렸겠지요.”

요리사가 퉁명스럽게 말했어요.

“난 저 해병이 한 말이 사실인 것 같아. 요리사가 착각을 한 거야.”

샐리가 소곤거렸어요.

“뭘 보고 그렇게 확신해?”

인사이클로피디아가 물었어요.

“시세로를 공범이라고 볼 정도면 아주 똑똑한 사람은 아니잖아!”

샐리가 말했어요.

“요리사는 사람을 잘못 보지 않았어. 시세로 행동도 의심을
살 만했잖아. 저 해병은 유죄야!”
인사이클로피디아가 말했어요.

인사이클로피디아는 어떻게 해병이 유죄라는 것을 알았을까요?

○ 123쪽에 해결이 있어요.

배는 어떻게 물위에 뜨나요?

부력의 원리

여러분은 거대한 배가 바다 위에 떠서 움직이는 것을 보면서 어떻게 저렇게 거대하고 무거운 배가 물위에 뜰 수 있을까 하는 생각을 해 본 적이 있나요? 이렇게 어떠한 물체가 물위에 뜨는 힘을 부력이라고 합니다.

먼저 부력의 원리는 기원전 220년경 아르키메데스가 발견했다고 하여 그의 이름을 붙여 아르키메데스의 원리라고도 합니다.

그는 왕의 명령으로 왕관이 순금으로 만들어진 것인지를 조사하다가 우연히 목욕탕에서 이 원리를 알아내었지요. 물에 들어가면 평소보다 몸이 가볍게 느껴진다는 것을 깨닫고 부력의 원리

를 발견하게 된 것입니다.

은이나 구리 등의 다른 물질이 들어가서 만들어진 왕관은 순수한 금으로 만들어진 것과 질량을 같게 하더라도 밀도가 더 작기 때문에 같은 질량의 금보다 부피가 더 큽니다. 따라서 물속에서의 부력도 다릅니다.

아르키메데스는 이 원리를 이용해 왕관과 같은 질량의 금을 넣어 흘러나온 물의 양을 측정하고 왕관을 넣은 후 흘러나온 물의 양을 측정하여 둘을 비교해 왕관이 순금으로 되었는지 아닌지 알아냈답니다. 즉, 물속에 담긴 물체는 넘쳐흐른 물의 부피와 같은 크기의 부력을 받는다는 사실이 바로 아르키메데스의 원리입니다.

물체의 부력은 일반적으로 중력과 반대 방향으로 작용합니다.

보통 기체나 액체 속에서 정지해 있는 물체는 중력과 반대 방향으로 작용하는 부력, 즉 위로 뜨는 힘을 받게 되는데, 물체가 떠 있기 위해서는 중력보다 부력이 더욱 큰 힘을 가져야 합니다.

다시 말하면 물체의 무게가 무거워서 중력이 부력보다 크면 물체는 가라앉고 그 반대의 경우라면 부력에 의하여 물체가 물에 뜨는 것이지요.

배 역시 물위에 뜨기 위해서는 부력이 중력보다 커야 합니

다. 그래서 모든 배는 물에 잠기는 부피를 넓게 설계하여 배가 밀어내는 물의 양을 배의 무게보다 크게 합니다. 그러면 밀어낸 물만큼 부력을 받게 되므로 배가 뜰 수 있는 것이지요.

재미있는 과학 상식 ::: 배가 유선형인 이유

배를 자세히 살펴보면 가운데 부분에 비하여 앞부분이 둥글고 납작한 유선형으로 되어 있는 것을 볼 수 있을 것입니다. 가장 쉬운 예로 물고기를 살펴봅시다. 물고기는 머리 부분은 유선형으로 되어 있는데 이것은 움직일 때 물의 저항을 덜 받아 빠르게 헤엄치기 위해서라고 하지요. 마찬가지로 배도 움직일 때 유선형으로 설계되어 있어 물의 저항이 표면을 따라 흘러가기 때문에 저항을 최소화할 수 있습니다. 따라서 배가 더욱 빠르게 움직일 수 있는 것이지요.

정답

여러분은 거대한 배가 바다 위에 떠 있는 것을 본 적이 있을 것입니다. 그렇다면 배가 물위에 뜰 수 있는 것은 무엇 때문일까요? 그것은 부력이라는 힘이 존재하기 때문이지요. 부력은 물속에서 중력 방향과 반대로 작용하여 물체를 뜨게 하는 힘을 말합니다. 배의 경우 물에 잠기는 부피를 크게 하여 배를 가라앉게 하는 배의 무게(중력)보다 더 큰 부력을 만들었기 때문에 뜨는 것이랍니다.

화가 난 요리사를 피해라! 편

덩치 큰 그 해병은 말 한마디로 꼬리를 잡혔다. 인사이클로피디아와 샐리가 비피 햄버거 가게에 도착했을 때 해병은 웹 경관에게 다음과 같이 말했다. "이곳은 난생 처음이에요." 그리고 그 다음에는 "보세요, 경관님. 이곳으로 다시 데려오는 동안 제가 반항하던가요? 안 했잖아요!"라고 했다. '다시'라는 말이 해병의 실수였다. 만약 비피 햄버거 가게에 처음 온 것이라면 어떻게 '다시'라는 말을 쓸 수 있겠는가!

아이다빌 경찰의 놀라운 범인 검거율 덕분에 브라운 경찰서
장에게는 곧잘 다른 시의 사건도 의뢰가 들어왔어요.

어느 날 저녁 무렵 브라운 경찰서장은 오션 시의 경찰로부
터 도와달라는 전화를 받았어요. 브라운 경찰서장은 아들을
데리고 가기로 했지요.

"무슨 사건이에요?"

아빠 차 조수석에 올라앉으며 인사이클로피디아가 물었
어요.

"반지가 없어졌다는구나. 어젯밤 제임스 베번 씨 집에 복면
을 한 사람 둘이 침입을 했는데, 베번 씨를 비롯해 어느 누

구도 그들이 반지를 훔쳐 갔다고는 생각 안 한다는 거야."

"왜요?"

"전화라서 자세한 이야기는 듣지 못했다. 하지만 이 사건은 베번 씨가 관련되어 있어. 베번 씨의 짧은 글이 발견되었는데, 정작 베번 씨는 그걸 쓴 기억이 없어."

인사이클로피디아는 처음 보는 사건에 대한 궁금증으로 그곳까지 가는 30분이 길게만 느껴졌어요.

마침내 어떤 큰 집 앞에 차가 멈춰 섰어요. 오션 시의 무어 경찰서장이 브라운 경찰서장을 맞으러 문 앞에 나와 있었어요.

"여기까지 와 줘서 고맙네. 사건이 제자리만 맴돌아 풀릴 기미가 없어."

무어 경찰서장이 말했어요.

브라운 경찰서장과 악수를 나눈 무어 경찰서장이 브라운 부자를 서재로 안내했어요.

"이 집은 제임스 베번 씨 집일세. 반지는 어젯밤 도난당했네, 도난당한 것이 맞는다면 말일세."

무어 경찰서장이 말했어요.

"반지는 어떤 모양인가?"

브라운 경찰서장이 물었어요.

"다이아몬드 반지인데, 프랑스 왕 루이 14세가 지녔던 반지라는군. 값이 어마어마하다네."

무어 경찰서장은 타자기 옆에 있는 책상 위의 아주 작은 유리 상자를 가리켰어요.

"베번 씨는 반지를 이 유리 상자에 보관해서 감상했어. 손가락에 끼기에는 너무나 작은 크기였다는구먼."

그리고 몇 분에 걸쳐 사건이 일어난 과정을 설명해 주었어요.

도난 사건이 일어난 날 밤, 베번 부인은 영화를 보러 외출하고 없었어요. 베번 씨는 지팡이(cane)를 짚고 걸어야 할 만큼 다리가 불편해 외출을 거의 안 하던 터라 집에 남아 있었지요.

자정 무렵 초인종이 울렸어요. 집에 혼자 있던 베번 씨가 문을 열었어요. 복면을 한 두 사람이 베번 씨를 밀치고 집 안으로 들어왔어요. 그리고 다이아몬드 반지가 있는 곳을 말하라고 했어요. 베번 씨는 위층 침실에 있는 부인의 보석함에 있다고 말했어요. 반지를 숨길 시간을 벌려고 했던 거지요. 그러자 위층으로 향하던 둘 중 한 사람이 가지고 있던 총으로 베번 씨의 머리를 내려쳤어요.

“베번 씨가 기억하는 건 여기까질세. 오늘 아침 병원에 가 베번 씨를 만났는데, 머리를 얻어맞은 후부터 병원에서 깨어날 때까지 그사이의 일은 기억을 전혀 못 해.”

무어 경찰서장이 말했어요.

“그 두 강도가 베번 씨의 보석들을 훔쳐 갔나?”

브라운 경찰서장이 물었어요.

“그렇다네. 그런데 부인 말에 따르면 도둑맞은 보석들을 다 합쳐도 다이아몬드 반지값의 반도 안 된다는군.”

“머리를 얻어맞은 베번 씨가 강도들이 못 찾도록 반지를 숨겼을 가능성에 대한 단서는 혹시 있나?”

브라운 경찰서장이 물었어요.

“타자기로 친 이 글일세.”

무어 경찰서장이 주머니에서 종이를 한 장 꺼내 브라운 부자에게 읽어 주었어요.

“두 사람이 다이아몬드 반지를 훔치려고 했다. 둘은 미처 날뛰며 집 안을 온통 뒤집어엎어 놓았다. 고양이(cat)도 갈라 살펴보았다. 결국 못 찾아내자 나를 구타했다. 하지만 내가 입을 열지 않자 다시 집 안을 뒤졌다. 난 이러다가 죽을

지도 모르겠다. 반지는 바람개비(vane) 안에 숨겼다.”

“이 사건을 정리해 보면, 강도들이 집 안을 뒤지는 동안 베번 씨가 부인에게 이 글을 써서 남긴 것이군. 반지를 어디에 숨겼는지 알리지도 못한 채 죽을까 봐 걱정이 되었기 때문에 말일세, 맞나?”

브라운 경찰서장이 말했어요.

“맞네, 강도들이 책상 서랍을 뒤진 후 베번 씨는 그 서랍에다 이 메모지를 넣어 두었던 것 같아. 현재 베번 씨는 아무것도 기억을 못 해. 반지를 숨긴 것도, 글을 적은 것도 말일세.”

“베번 씨를 누가 발견했나?”

브라운 경찰서장이 물었어요.

“집에 돌아온 부인이 발견했네. 책상 근처의 바닥에 의식 없이 엎드려 있었다는군.”

“바람개비는 찾아보았나? 거기에 반지를 숨겼다고 적혀 있지 않나.”

브라운 경찰서장이 물었어요.

“베번 씨가 말한 바람개비라면 지붕에 있는 풍향계, 그 바람개비뿐일세. 살펴봤는데 반지는 없었어.”

"고양이는 어떤가?"

"그 부분이 정말 이상해. 고양이를 왜 갈라 봤을까? 그 불쌍한 동물이 반지를 삼켰다고 생각했으니까 그랬겠지?"

"죽은 고양이는 발견됐나?"

브라운 경찰서장이 물었어요.

"아니, 베번 씨는 고양이를 키운 적이 없어. 내 짐작에는 고양이 한 마리가 어쩌다가 집 안으로 들어왔는데 강도들이 그것마저 가만 안 놔둔 것 같아. 샅샅이 뒤지느라 집 안을 쑥대밭으로 만들어 놓았다네. 함께 가세나."

무어 경찰서장은 브라운 부자를 지하실로 안내했어요. 지하실은 모든 것이 뒤집혀져 엉망이었어요. 쪼개진 커다란 나무통(vat)에서 와인이 흘러나와 바닥을 적시고 있었어요.

"오늘 아침엔 집 안 다른 곳들도 이곳처럼 심난했지. 베번 부인이 이웃들의 도움을 받아 온종일 치웠다네."

무어 경찰서장이 말했어요.

"강도들이 다이아몬드 반지를 찾아냈을 수도 있지 않겠나? 그러고서는 우리의 추적을 따돌리려고 이런 글을 남겨 놓았지 않았을까?"

브라운 경찰서장이 말했어요.

"아니에요, 아빠. 그러지 않았어요."

인사이클로피디아가 가만히 속삭였어요.

"다이아몬드 반지가 숨겨져 있는 곳은……."

반지가 숨겨진 곳은 어디일까요?　　○ 135쪽에 해결이 있어요.

풍향계는 어떻게 만들어진 건가요?

바람과 풍향계

"베번 씨가 말한 바람개비라면 지붕에 있는 풍향계, 그 바람개비뿐일세. 살펴봤는데 반지는 없었어."

여러분은 불어오는 바람을 느끼며 어떤 생각을 하나요? 바람은 공기의 흐름으로 우리에게 많은 도움을 줍니다. 여름철에 불어오는 바람은 시원함을 느끼게 해 주며 빨래를 마르게 하거나 공기를 순환시켜 주는 역할을 하지요.

이처럼 바람이 불어오는 방향을 알려 주는 기구가 있습니다. 그것은 바로 풍향계입니다.

풍향계를 읽는 방법을 알기 위해서는 먼저 풍향을 표시하는 방법을 알아야 합니다. 풍향은 보통 바람이 불어오는 방향을 나타내며 16방위를 사용하지요.

여기에서 말하는 16방위란 360도의 원판을 22.5도의 간격으로 16으로 등분한 것을 말합니다. 일반적으로 풍향을 나타내는 기호는 동풍(E), 서풍(W), 남풍(S), 북풍(N)과 같이 알파벳 기호로 나타내지요. 만약 바람의 방향이 남동풍이라면 SE라고 표시하며 북서풍인 경우에는 NW로 나타냅니다.

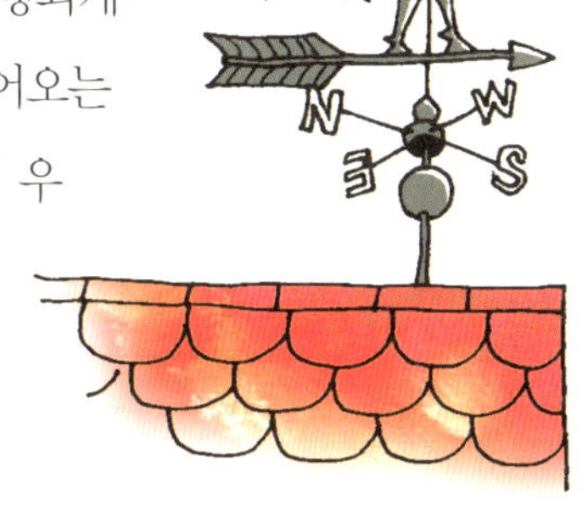

풍향의 16방위

풍향계의 종류에는 무엇이 있을까요? 크게 나누면 복엽 풍향계와 셀신형 풍향계가 있습니다. 이 중에서 복엽 풍향계는 풍판이 두 개이며 회전축에 방위판을 직접 부착하여 풍향을 관측하도록 되어 있는 풍향계이지요.

반면에 셀신형 풍향계는 모터에 의한 전자 회로를 이용하여 먼 곳에서도 관측할 수 있고 자동으로 기록이 가능하게 만든 풍향계입니다.

이번에는 풍향계를 보고 바람의 방향을 읽는 법을 알아봅시다. 만약 바람이 남동쪽에서 불어온다고 하면 풍향계를 거쳐 북서쪽으로 진행되게 되지요. 이때 풍향계는 바람이 처음 불어오는 쪽인 남동쪽을 가리키게 됩니다. 따라서 우리는 풍향계를 보고 남동풍이라고 읽으면 되는 것이지요. 만약 반대의 경우라면 북서풍이라고 하면 됩니다.

이처럼 우리는 바람의 방향을 쉽게 알기

풍향계

위하여 풍향계를 사용합니다. 풍향계를 읽는 방법만 익힌다면 바람의 방향을 쉽게 알 수 있답니다.

재미있는 과학 상식 ::: 타자기의 자판

타자기는 부호나 숫자 등을 활자가 달린 키를 손가락으로 눌러 종이 위에 문자를 찍는 기계를 말합니다. 타자기의 영문 자판은 1874년 숄즈라는 사람이 창안한 표준 배열판이 사용되고 있습니다. 표준 배열판은 왼쪽 상단에 'QWERTY'를 배열하고 4개 열의 자판을 배치하는 방식으로 배열되었지요. 또 자음과 모음을 분리하고 글쇠가 서로 엉키지 않도록 자주 사용되는 글쇠를 멀리 배치했다고 합니다. 이와 같은 표준 배열판은 컴퓨터 키보드에도 사용되고 있답니다.

정답

풍향계는 바람의 방향을 측정하는 기구로 보통 가운데 무게중심에 회전할 수 있는 물체를 설치해 네 가지 방위를 표시하고 있습니다. 풍향계는 바람이 불면 그 방향을 가리키므로 아주 편리하게 바람의 방향을 알 수 있게 해 줍니다.

사라진 반지를 찾아라! 편

　　인사이클로피디아는 베번 씨가 타자기로 '고양이(cat)'라는 글자를 실수로 친 것을 알았다. 집 안에서 지하실에 있는 나무통(vat)만 쪼개져 있었는데 이것이 단서였다. 소년 탐정은 베번 씨가 머리를 얻어맞고, 또 구타를 당한 뒤 실수 없이 타자기로 글을 쓸 수 있을 거라고는 믿지 않았다. 인사이클로피디아가 본 베번 씨의 실수는 c와 v를 잘못 친 것이었다. 이 두 자판은 타자기 글자판에 나란히 붙어 있다. 그 결과 베번 씨는 나무통(vat) 대신 고양이(cat)를 쳤고, 반지를 숨겨 놓은 곳을 적을 때는 지팡이(cane) 대신 바람개비(vane)를 쳤던 것이다.

　　인사이클로피디아 덕분에 반지는 베번 씨의 지팡이 속에서 나왔다!

과학탐정 브라운 6

| 펴낸날 | 초판 1쇄   2010년 8월 20일 |
| | 초판 6쇄   2020년 12월 2일 |

솔루션 집필 및 감수	신나는 과학을 만드는 사람들
지은이	도널드 제이 소볼
그린이	박기종
옮긴이	이정아
펴낸이	심만수
펴낸곳	(주)살림출판사
출판등록	1989년 11월 1일 제9-210호

주소	경기도 파주시 광인사길 30
전화	031-955-1350 팩스 031-624-1356
홈페이지	http://www.sallimbooks.com
이메일	book@sallimbooks.com

| ISBN | 978-89-522-1335-8   74840 |
| | 978-89-522-1176-7   74840(세트) |

살림어린이는 (주)살림출판사의 어린이 브랜드입니다.

※ 값은 뒤표지에 있습니다.
※ 잘못 만늘어신 책은 구입하신 서점에서 바꾸어 드립니다.

KC	**사용연령** 8세 이상	**제조국** 대한민국
	제조년월 2016년 6월 14일	**제조자명** (주)살림출판사
	연락처 031-955-1350	
	주소 경기도 파주시 광인사길 30	
	주의사항 책을 던지거나 떨어뜨리면 모서리에 다칠 우려가 있으니 주의하세요.	

KC마크는 이 제품이 공통안전기준에 적합하였음을 의미합니다.